2020
地球号

吴维民——

著

九州出版社
JIUZHOUPRESS

图书在版编目（CIP）数据

2020地球号 / 吴维民著. —北京：九州出版社，2020.6

ISBN 978-7-5108-9176-2

Ⅰ.①2··· Ⅱ.①吴··· Ⅲ.①诗集－中国－当代 Ⅳ.①I227

中国版本图书馆CIP数据核字（2020）第101856号

2020地球号

作　　者	吴维民　著
出版发行	九州出版社
地　　址	北京市西城区阜外大街甲35号（100037）
发行电话	（010）68992190/3/5/6
网　　址	www.jiuzhoupress.com
电子信箱	jiuzhou@jiuzhoupress.com
印　　刷	河北盛世彩捷印刷有限公司
开　　本	880毫米×1230毫米　32开
印　　张	8.25
字　　数	156千字
版　　次	2020年8月第1版
印　　次	2020年8月第1次印刷
书　　号	ISBN 978-7-5108-9176-2
定　　价	49.00元

目录
contents

新时代翠羽   **001**

航　船   003

国　门   005

暮　光   006

退而不休   009

塔   013

大凉山，我心中的索玛花   014

致播火者   017

地球船   020

黄金甲   024

写给燕子的信   026

燕归来   027

雨巷风流   028

秋之韵   030

学走路   031

寻找炊烟   032

致秋枫 033

最后的三千万 034

背 篓 035

森林中的帕瓦罗蒂 041

勿忘草写给地球人的信 042

把地球罩在网里边 047

南太平洋情思 049

人生的按键 051

地 图 053

竹之恋 054

人啊，认识你自己 056

我们同命运共呼吸 057

学 艺 059

五千年的路 061

最是故乡情 **065**

晚秋客 067

江流千古 068

一首古老的歌 070

太阳神鸟舞 072

诗的双城会 073

桃花故里行 075

草堂寻梅 076

金色的梦幻 078

府南河的金腰带 080

烟雨锦江 082

故乡的名片 086

杜工听到自己的诗 088

水军大都督 089

锦江，我知道你的秘密 090

来了不想走 091

月光谣 093

闹市中的丛林净土 094

龙泉要飞 096

龙泉桃花会 097

伞 098

大氧吧 099

果园诔 100

漩　涡 101

末班车 102

三十一岁桃花女 104

凡花碎语 **107**

白鹭的歌 109

城市累了 109

落日素描 110

海　恋 111

落日金 112

天籁音 113

白沙蓝 114

雨　帘 115

诗和远方 115

空　灵 116

知心话 117

做寂寞的自己 117

低头族 118

禅　雨 119

倒　影 119

诗囊里的暗物质 121

夏天的流派 122

秋枫廊 124

橡皮筏 125

雨西湖 126

草树云山吟留别 **129**

癯仙吟 131

千扇吟 139

湮柳吟 143

春之絮 **145**

看见你 147

春天的声音 148

渴　望 149

在春天的阳光下漫步 150

春天的围裙 151

背包客 152

春天的眉毛 153

罪之辩 153

春天的脸庞　　　　　　　155

红　裙　　　　　　　　　156

春天想对你说　　　　　　157

我们都是春天的债务人　　158

握　别　　　　　　　　　159

春天的忧虑　　　　　　　160

三月桃花梦　　　　　　　160

春天确实很苦恼　　　　　162

一年之计　　　　　　　　163

跟春天有个约定　　　　　164

春天的心事　　　　　　　165

雾里桃花　　　　　　　　166

春天的分内事　　　　　　167

春天的性别　　　　　　　168

交　班　　　　　　　　　170

送　别　　　　　　　　　171

春祭颂歌（散文诗）　　　172

练习生说诗　　　　　　　175

百花园　　　　　　　　　177

诗的练习生　　　　　　　180

呐　喊　　　　　　　　　185

古今诗话　　　　　　　　186

致种花人　　　　　　　　189

象牙塔　　　　　　　　　191

档　案　　　　　　　　　196

目
录

005

井　喷 197

原　野 199

多元兄 200

园夫曲 202

诗的白内障 204

赏花人 205

诗，是人类文明的扬声器 206

神圣家园 **209**

2020地球号 211

庚子清明祭 214

悬崖村不悬了 216

我们不会忘记 221

新的世界大战 222

命运的召唤 224

2020年的春天 228

我们迟到了 229

打开春天花园的门 231

生命之舱 232

锁在屋里的春天 234

把妈妈借给武汉 235

长河英雄城 236

天使的眼泪 241

母亲河流过的地方 242

重组的世界 246

后记：别样的春天，别样的韵调诗 **249**

新时代翠羽

航　船

哦，航船

风狂雨怒

波涛的峡谷间

你在颠簸

一身伤

一头汗

你走过的路

血混着水

泪裹着汗

咬紧牙关向前

一步步

一年年

哦，航船

你没有沉默

你扭转了舵盘

因为你载的是

一船意志

一船尊严

你咬着牙

包扎伤口

疼痛往肚里咽

你破浪远航了

不回头

不哀叹

哦，航船

亿万中华儿女

向你号喊

听我们心声

我们厌倦贫穷

我们要造乐园

我们把心掏给你

跟你去，跟你去

驾万里风帆

像母亲和孩子

心贴着心

脸贴着脸……

国 门

你想不朽吗？请你到

今天的国门前看一看

他脚踏沧海，头戴蓝天

身后是亿万只满载欢笑的船

历史的硝烟还没有散尽

百年被凌辱的泪花

还依稀挂在他的眉宇间

请牢记

国门的脊梁从来是宁折不弯

你若是强者

请拔出你还未出鞘的剑

和国门并肩站一起

鹰视前方

挺直你不朽的躯干

暮　光

暮光是一首无字的歌

他曾用青春，去点亮

舞勺年华的火炬

燃烧自己

燃烧梦想

他曾用火把

照亮雪山、草地

也曾在委屈中

悄悄抹过眼泪、忧伤

暮光是一匹

没有边际的向往

当家和国系上纽带

就会谱成一支

壮丽的

永无休止的诗交响

因为，他曾用

无数生命的韶光

扛起时代担当的大旗

对旧世界大声说

不！砸烂它

我们的队伍向太阳

青春和热血，终于

在大江南北开花、茁长

暮光是一柄投枪

曾刺破敌人的咽喉

横扫贪虐的虎狼

用闪电般神速的蝇拍

拍打贪婪的腐蝇和蚊虻

暮光是无畏的战士

大地的脊梁

暮光放下手中的枪

揩了汗，卷起袖

带领亿万儿女

把共和国浇灌成

参天大树

如今，还有几千万穷兄弟

正大步流星走在

奔富的大路上

暮光握住朝霞的手

千叮咛，万酌量

新时代翠羽

若要天更蓝，水更清

别忘了肩上扛的枪

霸权是地球村的邪恶豺狗

一手浇树，一手要扛枪

用鹰隼的目光

瞄准豺狼的野性，再去

编织蓝天的梦想

如今，暮光已经老去

脸上爬满皱纹

头上浸满白霜

但他依然神采奕奕

为每一个今天喝彩

为每一个明天祝祷

把两个一百年的期盼

牢牢扛在肩上

暮光没有忘记

百年振兴的梦想

他恬淡平和的目光

期待着满天朝霞闪烁

让一带一路的彩练

连接地球村每一个人

让共同的命运，去点亮

人类共同的希望

暮光是一首无字的歌

无私、奉献和永不言败

是他从不谢幕的曲调

我们饱含热泪

细数他的白发

抚摸他的苍老

请拭去你眼角的泪痕

为暮光轻轻吟唱……

退而不休

退而不休，是说

生命还在喧哗，呼吸

仿佛从山海关进来

又从玉门关出去

漫漫黄沙已是满目绿洲

西出阳关

处处是芳草地

另一个大千世界

在招聘你，去还是不去

新时代翠羽

■

招聘目录没有文字

世事沧桑，让皱纹

拧成一支如椽之笔

一幅幅炫目的连轴画

用色彩来引诱你

坐摇椅，拈一颗大白兔

慢慢放进孙辈的嘴里

好像只有解甲归田

才懂得什么叫遐想、天伦

把鸟关进竹笼

让花躺在梦里

假如寂寞粘上你

鸟语花香是你最好的伴侣

钓竿一甩

把孤独扔进江心

古人寒江钓雪

今人河里钓兴趣

把嗓门拉开，尽兴

唱一曲《今夜无眠》

为吸氧打开幽闭的大门

让血脉偾张，变身心超人

阅尽人间春色，画一幅

大写意的青春无悔

为迟来的新旅程

再上一点藤黄和花青

冲天一注水，青烟袅

盖碗茶里有乾坤

三五张鸡公鸡婆嘴

家事也成天下事

一人不尽兴，四人码长城

炮声隆，血战到底

让智慧来疏通血脉

输赢只为斗脑梗

广场上，蜂蝶纷飞舞

图的是心灵的海啸和地震

肚腩、高脂、怨怼随风去

树荫下，千军万马在对阵

孙武观战也惊心

围追堵截当看客

喊破嗓子也无人听

累了，端一把躺椅

躺在柔软上，眯缝着眼

和冬天的太阳说心事

蹭高铁，押飞机

把快乐满满当当

装进你的拉杆箱里

还有一幅画叫犟脾气

退休旅行社送的团体票

他一张也不去取

不是他们傻

因为他们太固执

燃烧了前半生的青春

还想再点燃下半生的胡须

因为他们无法掩藏

那一颗还在激越搏动的心

把前半生没有实现的承诺

用后半生来补偿

将心中还未老去的余热

轻轻贴在母亲的身上

请为老顽童执拗的天性

打开末班旅程的天窗

让他们和创造力坐在一起

殚精竭虑，再点燃一次辉煌

哪一幅画你最欣赏

带上你退而不休的护照

报个名，赶早跑进画中去

让生命在新时代的画图中

再一次燃烧……

塔

塔，是历史的眼睛

光明的储藏室

谁都可以进去

涤一涤眼的尘埃

然后带走一片片

光的记忆

塔，是沧海般大地的明灯

他携手蓝天白云

在远方等候你

夜晚，他穿一袭黑色的风衣

把月亮戴在头上

照亮你

月亮走了，他不气馁

他会睁大眼睛，凝神屏气

会把一束束看不见的光

送给你，因为

你的脑电波

一定看得见他在哪里

塔，是矗立你心中

历史和光荣

永不湮灭的记忆

大凉山，我心中的索玛花

哦，大凉山

我心中的索玛花

你曾漫山红遍，展开双臂

披着春天的察尔瓦

将红军迎来，送远

彝海子见证惊天盟誓

"以后红军回来，大家过好日子"

司令掷地有声的话语

余音绕凉山，梦回八十年

如今，你身上的十六颗明珠

有多少已发出闪光

幸运悄悄溜进彝家门槛

有多少明珠暗淡

路漫漫，还停留在

二千五百米海拔的贫困线

索玛花开，年年开花迎客

年年在期盼

大凉山啊，红军司令

啥时才能了却这牵挂

把贫穷的代名词扔进大渡河

真正阖上眼

什么时候彝家人能长上翅膀

飞到东方诺亚方舟的大平台

摆下丰收的庆功宴

什么时候，百万诺苏兄弟

飞出千里彝山的大裂缝

去拥抱阳光，赶走贫寒

什么时候，驾着小康的舟楫

穿越大峡谷，驶到黄浦江畔

去和东方明珠聊天

哦，大凉山

我心中的索玛花

你对着泸沽湖的镜面梳妆

头上挽一个螺髻山

眼里荡漾着邛海的澄碧

秀出美姑的好身段

你带领百万彝家儿女

要把好日子搬上

二千五百米的海拔线

就像阿土列尔悬崖村

二千五百阶新钢梯

要去飞跨致富的门槛

八百里凉山决战的鼓声

已经敲响，彝家儿女呀

请举起你勤劳灵巧的手

借来灵山一支笔

画出你最想诉说的心愿

用你勤劳的双手

从大凉山的字典里

抹去辛酸和贫寒

八百里凉山欢歌笑语

历史掩泪再翻新篇

不再有男人蹲在土屋危房前

抽着懒惰的旱烟

不再有艾滋毒魔泛滥

不再有孤儿四处流浪

不再有老弱妇孺去伐山

不再扛一袋核桃去叫卖

孤独地蹲在城市的大院前

哦，大凉山

我心中的索玛花

当2020年的钟声敲响

你已经万山红遍

脱贫将大摇大摆

跨进每一家瓦板房

你定会把走向富裕的决心

高挂在彝家的碉楼前

千里彝山一条致富路

你定会把悬崖村云梯

搭进索玛花盛开的

天上，人间……

致播火者

温饱，在今日中国的语汇里

已经是昨天的记忆

饥寒，或许要用考古的方法去求证

吃饱穿暖早已是寻常事

奔小康，是国人在致富路上
唱的第一支进行曲，因为
还有几千万温饱的穷兄弟
需要我们去牵手，同行
每一条致富路上都站着一批
引路人——我们的播火者兄弟
你们或是城里来的小康人家
辞别富裕来到穷乡僻境
你们或是穷乡亲的同路人
想让家乡跳进财富的龙门
普罗米修斯为给人类带来光明
从太阳神那里偷来火种
你们不做普罗米修斯去偷火
让温饱的穷乡亲坐等光明
因为你们是中华儿女的好后生
只想用祖先钻木取火的精气神
同乡亲们一起，用汗水和智慧
让小康从他们勤劳的双手中
堂堂正正走进他们的宅基地
你们，新时代的播火者
穷乡亲的"富"亲戚，贴心人
告别父母妻子儿女，跋山涉水

在穷乡僻壤支付自己的青春

你们，为家乡变脸，或许已经

几过家门而不入，难舍故乡情

还有你，让我热泪盈眶的研究生

让两个村摆脱贫困，又上新征程

可叹家国情怀终难两全

夫妻情未泯却离异，各自东西

为农民兄弟的小康梦，这一幕

"妻离子散"的现代戏，太残忍

让我们都揩干眼泪

相信你比我更懂得，扶贫攻坚

对共和国今天和明天的意义

共同富裕，一个都不能少

它演绎的不只是中华民族

自身的梦想和追求，因为

先祖的遗训"先天下之忧而忧"

早已植根在国人的心里

我们争分夺秒脱贫奔小康

怎能忘记地球船上还有无数

更穷更苦更累的穷兄弟

请揩干你的眼泪，好兄弟

舍小我，成大义，普天同辉

你的身后已跟来无数播火人
献给你一束索玛花
索玛花开，开在
每一个中华儿女的心里

地球船

地球，是航行在太空中
一只孤独而又彷徨的船
是的，他没有朋友
平行宇宙，又太遥远
他的孤独，像人
跌落在万丈深渊
万籁俱寂，阴冷，奇寒
只有四周的星星
无助地眨着同情的眼
因为，孤独
就是宇宙诞生以来的一部
永恒法典
彗星何时来地球叩问
小行星何时来拥吻

是这部法典的概率篇

孤独，还要被侵犯

人道、民主和自由

是这部法典的负面清单

地球船，为了心仪的太阳

长年累月哼着圆舞曲

围着温馨的光焰

把自己的航线画成椭圆

任时光流淌，亿万年

地球船的泰坦尼克式灾难

也许还很遥远，遥远

太阳不是神，他是一个

大家族的司令员

司令员笑着对地球说

先别担心谁来撞你

要紧的是要驾好你们那只

已经在风雨飘摇中的船

让你们排行当老三，是因为

只有那里才有绿色和蓝天

有生命统治无生命

你们人类有幸也成了

船的统治者，驾驶员

所有生命体和非生命体
都成了供你们踩踏的地毯
蓝天无辜，却又成了
你们任意涂抹的画板
细颗粒物成了人类
涂黑天空的颜料粉剂
白夜的天空啊，将让
地球船撞上无情的冰山
此刻，有几十亿双手
借埃菲尔铁塔一支笔
已经把"水更绿，天更蓝"
写进地球船的续航宣言
地球船的负面清单
应该由谁来写
是人类、大熊猫，还是水杉
生命体和非生命体
都该有自己的发言权
歇斯底里的开采挖矿
是人类在自掘坟墓
已经灭绝生物的亡灵
即将灭绝物种的呐喊
都该有生存和重生的投票权

地球船的绿色法典

是星空漂泊的蓝天保护伞

哦，地球，是航行在太空中

一只孤独而又彷徨的船

他的彷徨，像人

为未来担惊受怕，熬红了眼

只有四周的星星

无助地眨着同情的眼

因为，彷徨

就是宇宙诞生以来的一部

惊悚大片

奇点，红移，黑洞，虫洞

多弦，还有那诡谲的量子纠缠

处处都会让人讶异，惊叹

太阳的葬礼，还有几十亿年

地球船要去流浪

还很遥远，遥远

太阳笑着对地球说

先别担心我的葬礼

要紧的是要驾好你们那只

已经在风雨飘摇中的船

绿色法典有人要退出，捣蛋

霸权狂人做梦也想

永远操控地球船的舵盘

霸凌和核战依旧是地球船

风雨飘摇的最大灾难

共同的命运盼望同舟共济

此刻，有几十亿双手

手挽手，心连心

将写出让地球船顺利航行的

最高法典，一部蓝色的法典

远虑，近忧，永远是

地球人绕不开的梦魇和期盼

哦，请永远不要忘记

地球，是航行在太空中

一只孤独而又彷徨的船

黄金甲

你兀立高原，目光如炬

脱去青衫，挺直腰

满身披挂黄金甲

好一尊顶天立地哨

守望疆土，国门

从此不稍懈，志比天高

你走进闹市，和善温婉

打开一张张折扇

谦恭地为人们驱风挡雨

任时光流淌，从不计较

回到上古，你嬉笑自如

迈着万千鸭掌招摇过市

莞尔一笑，掩着嘴

走进"本草"的药罐槽

古人啜你，是因为

祛病延年，你一身是宝

当今时尚，冬来早

你要卸甲休整，使魔法

一身黄金甲变成了

被风吹翻的一把把雨伞

金黄的雨伞，摇落宇宙

只剩下一副钢筋铁骨

傲骨嶙峋，站着睡觉

写给燕子的信

小时候，看你飞回来和小燕子亲嘴
好想和他们挤在一起跟你亲昵
爸爸不会飞，只知道举起镢头
向庄稼发脾气，用汗水去浇口渴的地
长大了，我住上水泥和钢铁搭建的宫殿
你们再也不来走亲戚，不来片言只语
贫穷时你们不嫌弃还来和我们搭窝住
小康了你们却远走高飞，是何用意
变老了，才知道你们是质本洁来还洁去
水泥和钢铁的丛林向来是你们的天敌
人要回归大自然和你们长相守，那还得
头脑翻跟斗，身上脱层皮，回不去
燕子呀，儿时是亲戚，老了是回忆
燕归来是一首歌，回忆是一首圆舞曲
流水欢歌，你和江河是永远的伴侣
朝朝暮暮，我都会在唱歌的河上去看你

燕归来

燕归来，在我的梦里
儿时爬在门槛上，数落瓦鳞
眼瞅着瓦檐下燕子的家
问爷爷：燕子几时回
爷爷吧唧着长烟杆
白烟袅袅，升起几朵云
你爸出去做活路
你说燕子陪不陪
燕子伸出小脑袋，呱唧唧
好像不同意爷爷的话
不对不对，爸妈出去
是为我们找吃的
爷爷狡黠地一眨眼，笑眯眯
长烟杆指点屋顶的小燕子
都是一家人，何必分得那么清
不去捉虫虫，你爸妈咋个陪
燕归来，在我的梦里
塑钢的门窗，水泥的丛林

燕子的家该安在哪里

梦中问爷爷，燕子几时回

雨巷风流

淅淅沥沥，唏唏嘘嘘

不是雨的叹息，那是

丁香花在悄声叹气

一百年的雨巷

一百年的传奇

如今，她已从韶龄

走向香雪稀疏的老年

当年，披着淡蓝的风流

散着一袭幽香

在雨巷，踽踽独行

油纸伞撑着雨丝

在旋律中呻吟，苦旅

把象征和朦胧，带到了

繁花似锦的2017

雨巷风流

难掩朦胧中的我和你

心灵的歌，踩着

莲蓬，柔风和细雨

把旋律和节拍撂肩上

百花园中，抡起诗瓢

再浇一方熟地

雨巷风流百年祭

丁香又向我们走来

温馨依旧，铅华已去

一百年的雨巷

一百年的传奇

如今，她已从老妪

重返淡蓝色的青春

散着一袭幽香

在雨巷，重获生机

雨巷风流

难掩朦胧中的我和你

心灵的歌，踩着

莲蓬，柔风和细雨

生生不息……

秋之韵

秋天是描金的季节

国人把几千年金黄的图腾

收藏在心里，朝思暮吟

看秋雨满面愁容

听落叶触地沙沙声

蟋蟀吟唱，是为

叩问长夜的静谧

金风把远道而来的寒意

吹进相思画屏，秋已深

新世纪，金鸡唱晓

不只是谷满仓，情满屯

更有几千万穷兄弟

瞄着"芝麻开门"一声吼

要拽开贫穷，唱大戏

打虎拍蝇是艾秋的主旋律

松土应及时，恶草须锄尽

天网恢恢，疏而不失

霹雳火，雷声扬，秋已去

新世纪，金鸡唱晓

致富正当时，打虎宜穷追

金秋十月，化被万方

图腾柱下听秋声

学走路

从呀呀发声

到蹒跚学步

我们在亲情的呵护下

学走路，走一条

用温情铺垫的

浪着欢声笑语的路

从琅琅读书声

到雅思、奥数

我们在温柔的教鞭下

学走路，走一条

用信息铺垫的

闪着希望彩虹的路

从家门、校门

到社会、江湖

我们在七彩的染缸里

学走路，走一条

用汗水铺垫的

成功和失败纠结的路

从生到寂灭

都在学走路

我们在生命的狂飙中

学走路，走一条

用渴望铺垫的

哭着来笑着去的路

寻找炊烟

从钢筋水泥的森林逃出

寻找故乡的炊烟

一去二三里

塔吊的臂膀刺破天

钢铁和水泥还在携手

纺织城市的经纬线

剪裁城市的花衣衫

高楼层峦叠嶂

像山，是山

压紧了心，看花了眼

想一想故乡的炊烟

心也甜

故乡的茅屋和瓦楞

是炊烟跳舞的大台面

时而轻歌曼舞

时而手牵手直冲霄汉

慢悠悠

把宁静和悠闲抛洒人间

从钢筋水泥的森林逃出

寻找故乡的炊烟

炊烟袅袅，只在梦里边

致秋枫

你屹立江岸

头戴厚重的戎冠

默默守候在

国门的最前沿

柳眉在你身旁曼妙起舞

你眼不眨，心不乱

一心在编织

送给秋天的花环

清风从你门前走过

把寂寞洒满一地

你淡淡一笑，两眼

紧盯着远方的地平线

最后的三千万

哦，兄弟

用城市的标杆比量

你们还陷在泥塘里

贫困是一汪

深不见底的烂泥潭

陷住你们的双腿

还想爬过你们的胸膛

扼住你们的喉管

你可曾看到母亲头上

渗出的热汗

她惦记的老大和老二

是她的骨肉和期盼

先拔脚走出泥潭的城老大

早已穿上小康的衣衫

乡间的二兄弟

也从泥潭迈出去一大半

哦，兄弟

你们是最后的三千万

请紧握住母亲的手

铆足劲，迈出烂泥潭

把贫穷撂出去十万八千里

你们背后有无数双手

在推送你们脱险上岸

有无数双眼睛

在紧盯着2020年

贫困丧钟敲响的那一天

背　篓

每年的这一天

我会背着盛满春天的背篓

拖着沉重的脚步

走近你

哦，你白发稀疏

容颜依旧

当年，你背着背篓出门

回头看我时，那一双

含笑但又湿润的眼睛

一直深深储愁在我心里

母亲！

那是一个风调雨顺的

"灾荒"年份

看你背起背篓

懵懂少年的我

傻傻地盯着它

还有你那有些弯曲的脊背

你转过身，微微一笑

"孩子，娘给你背春去"

你用指尖按按我的额头

眼里闪着泪光

"娘不让你再这样胖下去"

我大声嚷"你不也胖了吗"

你一扭头跨出门

甩过来一句话

"你懂啥？人瘦点才精神"

你耸耸背篓，向前大步走去

一只手却在偷偷擦拭眼泪

此刻，我泪如泉涌

多想跪在你面前

撕心裂肺地喊一声

母亲！

泪眼朦胧中

我看见"发福"的三伯、二姨

还有好些"胖"邻居

守望着夕阳下的荒村古道

等候归来的背春人

灰头土脸的母亲跨进门

放下背篓，叹口气

"春笋早挖光了，该早点去"

背篓里只有几匹烂菜叶，野菜根

那一年，老师在黑板上

出了一道作文题"我的志愿"

像在叩问命运的栖息地

我写：我要当医生，专医水肿病

我写：我想街坊村里人都有钱

天天都有牛奶鸡蛋面包吃

母亲轻轻戳戳我浮肿的脸

满脸堆笑，收拾着空空的灶台

"做梦哩，娘就等着这好日子"

大学毕业了，我揣着母亲的梦想

回到四年不曾回到的故乡

领到第一个月的工资

请母亲去市中心的餐厅吃饭

我点了一荤一素一汤三份菜

同桌两个出差模样的人

围着五六个菜大快朵颐

剩下大部分菜扬长而去

我正在给母亲夹菜

母亲说："你瘦了，多吃点，长胖些！"

她把别人吃剩的两盘荤菜移到面前

骂一声："好浪费，天杀的！"

母亲吃别人剩菜的情景

仿佛在吃自己孩子的剩菜饭

我低下头，仿佛在看

躲在桌子下的自己

惊讶，羞愧

好像每一根汗毛都在脸红，战栗

母亲呆望着我："怎么啦？"

我站起来："胃痛，不吃了，回家吧！"

母亲望着一桌剩菜叹气

"可惜呀，没带铞锅来！"

我头一回对母亲发脾气

"有了锅，把别人的剩菜也倒进去？"

母亲把一脸惊愕咽进肚子里

微微笑："哪能呢，只带你点的。"

我提高嗓门，要哭的声音

"你就可以吃别人……剩的？"

母亲怔怔地望着我，嗫嚅着

"娘只想让你长胖些！"

我被母亲的爱心深深震撼

我忍住眼泪，别过头去

"小时候胖了，你想我瘦

现在瘦了，你又想我胖，你真……逗！"

母亲一本正经地提高嗓门

"那胖是水肿病，没吃的，饿的

现在要你胖，是娘的真心话！"

背春的娘啊，你在哪里

你信佛，你说日后要到西边去

你在那里还好吗

还惦记儿子的胖和瘦吗

儿是想告诉你

眼下春笋鲜果满街窜

吃喝玩乐寻常事

牛奶鸡蛋面包现在已经不稀奇

稀奇的是，你说的胖人多的是

儿子可不是逗你笑

当年饥饿的假胖子是水肿病

而今饱胀的真胖子是肥胖病

儿想告诉你，现时期

不稀奇背后还有稀奇事

九千万胖哥们背后还蹲着

很多穷兄弟

儿发誓，要把你的背篓重背起

背一篓梦去见穷兄弟

淌一滴汗，出一份力

咱也要和穷兄弟窝一起

梦是蜜桃和鲜花

全靠汗水力气去浇淋

把梦背成田塍和小溪

我们携手做快乐的织梦人

儿的背篓里盛着你的梦

盛着你的诚实和坚持

还盛着儿对家国的一份情意

你的梦是千万贫困母亲的梦

儿要学你年年都背春

年年背春来看你

背春的梦，别梦依稀……

森林中的帕瓦罗蒂

火轮在天空劲舞

大地是熏烤着的煎饼

森林发着高烧

在热浪中呻吟

唯有我，迎着天火

在寂灭中高唱如云

人们为我戴上一顶桂冠

森林中的帕瓦罗蒂

啊，这个美誉担当不起

作曲家为他作的曲

婉转而又高亢

大自然为我们谱的曲

高亢但又单一

我的名字叫峨眉红眼蝉

不才，昆虫界的男高音首席

红色是我们永恒的追梦

从古至今都唱同一首歌

我的名称叫和谐与永恒

如今，钢铁和水泥的洪流

把我们赶回山野林地

雾霾和污染淹没了城市的光明

但我们依然坚守自己的梦

睁大满怀希望的红色眼睛

守望着，等候着

等待着和谐的春风

给城市带来天清气朗的光明

我们会再回来，再回来

把这首古老的歌

唱给城市的天空和大地

勿忘草写给地球人的信

尊敬的地球人，还好吗

我是勿忘草

我的姐妹叫星辰花

我们原本土生土长在草坡山野

在不知名不起眼的角落安家

不知从什么时候起

我们成了你们的宠儿

柔声喊我们"勿忘我"

姐妹们面面相觑，好不惊讶

地球人的心啊

为什么这么复杂

姐妹们欢聚时

总爱叨叨私房话

我们原本卑微渺小

开出的花只有你们的

小指甲那么大

我们并不悲观，气馁

因为当生命结束

我们依然容颜不老

衣衫永放光华

噢，你们赞赏我们的执着

还有一颗永恒不变的心

我们成了你们爱的圣殿上

一朵圣洁永恒的花

借光你们的厚爱

我们斗胆代表地球上

所有绿色生命的朋友

想对你们说几句

可能不中听的心里话

你们人类祖先出现在地球上

最早也就三五百万年前

绿色生命体的出生

要早你们二十多亿年

如今你们成了地球的霸主

我和绿色朋友们

成了你们的装饰和陪伴

你们劫掠、焚毁我们的家园

我们的家园越来越小

你们污染天空和大地

我们的呼吸越来越困难

地球人啊

你们的智慧强我们千百倍

你们的理智却又那样肤浅

你们加害了我们

最终也害了你们自己

你们心里明白又不愿承认

我们其实并不需要你们

你们却一刻也离不开绿色生命

没有你们时候的地球宝宝

陪我们走完了二十亿年的快乐时辰

你们制造的重重雾霾

污染了你们的智慧和眼睛

你们制造的超级杀人武器

枪口对准的是无辜的人群

污染和毁灭性武器

将把人类引入毁灭的绝境

假如不能制止人类自焚的危险

你们只是地球四十六亿年

漫长历史中的匆匆过客

你们从地球上消失

我们依然会万古长青

地球人啊，你们知道吗

姐妹们却不愿意和你们永别离

绿色生命的眼睛也会流泪

几百万年的融洽相处

你们和我们

都是地球母亲的好邻居

同住一方地，同饮一江水

一起在蓝天翱翔

一起在江河湖海旅行

我们曾被赞美是你们的绿色生命

小小的忘忧草姐妹

被你们款待得受宠若惊

地球人和我们的感情

皇天后土，我们真真是难舍难分

和平发展、绿色发展的心

尊敬的地球人，还好吗

我是忘忧草

我的姐妹叫星辰花

我们不懂得朦胧、沉淀和内敛

只会用直白的长短句

向你们捧出掏心的大实话

我们共同拥有一个地球

地球是你们和我们共同的家

你们把金子一样的爱心

赠给我们这些不起眼的小花

永远的感动使我们有勇气

提笔给你们写一封心里话

我们位卑花小，但我们的爱心

拥有绿色生命的同等天价

祝愿绿色世界和地球人

永远携手，肩并肩，迈大步

让爱心温暖我们共同的家

我们的家园

人更爽，山更绿

天更蓝，花更艳

把地球罩在网里边

2015，中国的吉尼斯新纪元

一亿二千万人长了翅膀

翅膀上装配着手机，移动电源

还有转换插头，搭着一张

萌萌哒的脸

一亿二千万双手

拉起蛛网般的航线网

硬把地球罩在网里边

他们问候地球村的邻居

想看一看邻居的家里

景有多美，天有多蓝

他们挥洒一万五千亿人民币

只想把全世界的美景和人生

带回家，慢慢品，细细看

把悉尼歌剧院挂墙上

北极光的彩带绕在台灯前

埃菲尔铁塔蹭上博古架

大风车还在甜甜的梦中转

科罗拉多大峡谷像一条巨蟒

潜伏在凯巴布高原

尼亚加拉大瀑布的涛声

还不时在心中震撼

金字塔的曙光

狮身人面像的眼

早已守候人类文明几千年

太多的美景，太多的友善

让曾经闭关锁国的国人

洗净了心，看亮了眼

地球村的全体居民

拥有一个共同的心愿

用人人心中那一柄正义之剑

斩断入侵者的魔爪

惩罚制造战争乌云的罪魁

让生态灾难的制造者无处逃窜

让地球村的人

同住一个星球

同享一片蓝天

南太平洋情思

披着岁月的风尘

踏着黄河的乡音

关山几万里

只为看一看你那

藏在遥远迷雾中的模样

走近你

才生平第一次尝到

心潮澎湃是什么滋味

双手紧捂胸口

深深吸一口气

生怕膨胀的心就要蹦出胸膛

你坐镇南方

头戴茫茫的极地冰帽

伸开漫长的臂膀

把太平洋拥在怀里

扰动双臂，掀起

翻江倒海的层层雪浪

海鸥、鸬鹚、海燕，还有信天翁

在你的额头上翻飞，歌唱

深蓝的海，雪白的浪，还有

无数的白色小点

在海天一色的大画幅中欢跳

哦，你雄阔壮美，又风流年少

奏响的却是一曲

南太平洋的无声交响

伫立岩岸，只见你

统帅海风雪浪的千军万马

叱咤风云在海的演兵场

你纤尘不染，圣洁无双

多想把一颗蒙尘的心捧给你

请为我洗一洗风尘和彷徨

好把一颗干净的心

带回故乡的土地

在黄河流淌的泥土里

播种你的圣洁

播种你的宁静

播种你无声的交响

带给世界的希望……

人生的按键

二十一世纪，新世纪

还是一个未及弱冠的懵懂少年

新世纪的新人类

却已拥有了长者似的高智商按键

虚拟按键，鼠标按键

像魔头紧拽着现代人的双手

绘出一幅人生的按键

一幅光怪陆离的画卷

画卷上方是斑斓的彩练

画卷下面是不见底的深渊

追梦人气贯长虹

当空舞彩练

常把知识和事业背肩上

责任和担当是他们心中的按键

好日子的脸上洋溢着温情

谁不想省钱又方便

扬起食指，微皱峨眉

狡黠地眨一眨眼，戳向那

既期待又挠心的按键

然后又掰着拇指唠叨

埋怨快递的电摩跑得太慢

千家乐，万家欢

你的指头像服了摇头丸

晃动在刀光血火的屏幕前

假如游戏成了你的游戏人生

没日没夜，天昏地暗

不听说，不听劝

日后在你早来的墓碑上

只好挂一个孤零零的游戏键

盛世中国，普天同庆大发展

群群又团团，遍地英雄冲进朋友圈

亿万只手摁着个聊天键

从麻婆豆腐到美国总统大选

从娃娃夜尿到香奈儿的5号水展

无话不聊，无气不出，小道飞满天

正能量、负能量像钱江水

把本来谦卑微小的微博、微信

汇成了翻江倒海的大海澜

清者自清，浊者自浊

这两键应是人生的不二选项

谁也不能强掰着你的指头选边站

雨，雪，冰雹加雷电

天公对大地从来都是分期付款

天上掉馅儿饼，只在梦里边

魔鬼要你按的键

是对准你的心窝的一支暗箭

人生的按键提醒你

这样的"键"别说听，看也别看

地　图

地图的昨天

我们是一片桑叶

播种过丝路花语

百年孤独

被野兽蚕食

今天的地图

我们是啼鸣东方

报晓世界的雄鸡

顶天又立地

我们头顶蓝天

脚踏南海

是一把

驱赶黑暗的火炬

竹之恋

望江流，江流千古抚今昔

满园绿玉映一江青碧

你素面朝天生，娇翠欲滴

君子持节，有浩然之气

虚怀若"竹"，朴实无华

从不与邻里说东、道西

若暴雪狂飙要压你低头

你是宁折不弯，挺直腰

也要活一个顶天立地

你从瘠地拔节而起

节节攀升，不惧严寒酷暑

躯干直冲云汉，与天齐

四季披绿又凌霜傲雪

四海妖风逆袭，黑云乱

仍不坠青云之志

你率五百弟兄，把华夏热土

炼成一个绿荫满园的追梦地

你没有松柏的伟岸

没有桃李的娇媚

没有牡丹的艳丽

你是四君子中的长者

有花不开，还筛风弄月

潇洒一生，又淡泊不羁

你是岁寒三友的强者

霜雪难压折你挺拔的身躯

四君子、三挚友都不能没有你

中华大地处处有你朗朗殊誉

你高风亮节，坦诚无私

活脱脱一个虚心儒雅的硬汉

有多少中华儿女

为你魂牵梦绕，万般心仪

啊，竹之魂，国之器

我心中眷恋的神祇

人啊，认识你自己

三千年前，我走进德尔菲神庙

在大地肚脐眼的石柱上

看见几个闪光的大字

"人啊，认识你自己！"

如今，旧地重游

神庙的箴言已经消失

孤寂的石柱向我泣诉

原来人最难的还是认识自己

亿万年的岁月沧桑

我见识过无数的生灵消长

却从未见过

生命会自己消灭自己

人自以为是生灵的王者

所有生命体是他们的奴隶

人群中的败类，刽子手

更把无辜的生灵

当着他们砧板上的肉鱼

人啊人，三千年的悔恨

早已埋进我心里

我想把神庙的箴言

在你们失忆的心中再次挂起

人认识自己的力量和坚持

能制止霸权、侵略和暴恐

也能扼住生态灾难的喉咙

把人类从自杀深渊的边缘

带回蔚蓝天空，绿茵大地

我携手蓝天白云

带一身清冽、洁净之气

伴你永世永生，不弃不离

我们同命运共呼吸

我和太阳家族的老三

浑浑噩噩来到这里

我用厚厚的衣衫

把地球裹得严严实实

目的只有一个

抵御入侵者

给生命制造呼吸

让生命体和非生命体和谐相处

让这个星球活泼有趣

回顾十多亿年的岁月

我有太多闹心的记忆

对地球上所有的生命体

像母亲对待所有的孩子

我的慈爱和给予始终如一

人从诞生到现在

也才三百万年历史

如今却成了地球上的

"奥古斯都"大帝

宇宙不公平的公平法则

让我痛苦失语

眼睁睁看着人类的公敌们

也在贪婪地吮吸着我的气息

自然法则没有后悔药

人类犯下的错误

要改，也得靠你们自己

我和地球同命运，共呼吸

请不要以为我们是三无产品

无形无色无味所以无脾气

量子纠缠会让你们脑洞大开

请想想几百万年以来的日日夜夜

我们是怎样无私无畏而又公正地

把生命之舟默默奉献给你

这就是我们的意识和灵气

它是你们的高智商

在物质世界的简易复制

它是大千世界中生命体

和非生命体融洽相处的

宇宙法律

须牢记，唯有它

我们才能同命运，共呼吸

学　艺

无意中来到一方瓷窑前

想学一门诗的煅烧技艺

学徒的名字有点眩晕

不见长安

师傅的名字有点特别

举目见日

师傅从不露庐山真面

新时代翠羽

■

059

只把各种样品一一展示

一件件用字符胎塑的精品

煅烧成百年长卷的抒情诗

新月高挂康桥

湖畔蕙花吹来微风

朦胧是梦破碎的声音

七月挺进者的脚步

来自一个良心

却各自藏起的九叶心语

漳河水从太行山汩汩流出

因为爱这土地爱得深沉

诗的喉咙，定会发出

又一个百年的

海啸声

抬头看见太阳，却听不到

盛唐长安的踏歌声

太阳笑了，解释很精辟

诗不是只写给自己

金屋藏娇早已成过去

诗歌是大众的情人

眉如新月朦胧美

漳河流水七月诗

都该有自己的拥趸

诗的喉咙在呐喊，嗓已嘶

百花都该有自己的T型台

粉丝们各追各的梦蝶

缺席的花要勤浇灌，多扶持

政治抒情，民歌体

干预时弊，也可娓娓说故事

世事与人生，盯着你的笔

好的要叫好，坏的要摈斥

诗坛百花成蜜后

再青梅煮酒，遑论中西

看百花园中，纷纷扬扬

下花雨……

五千年的路

我们从五千年前走来

一直在走一条自己的路

黄河、长江是我们的血脉

天山、昆仑山、喜马拉雅山

是我们的躯干和筋骨

我们的名字五千年没有变

一个大写的中华民族

他，从来就有一身

压不弯、摧不垮的铮铮铁骨

我们的路，用汗水和艰辛浇筑

坚韧绑在我们脚上

信念刻在我们心中

中华儿女，胼手胝足，筚路蓝缕

当自强，挺起胸，向前走

天灾人祸曾是他的常态

刀光血火曾是他抹不去的伤痕

两千多年前秦皇汉武的硝烟

让我们搭建起华夏先民的大家庭

中华儿女手挽手，从此坚如磐石

先辈们两千年前就懂得传播友谊

张骞，把丝绸之路拓展到大月氏

一千多年前的大唐盛世，把丝路花雨

从陆路撒播到七十多个邦交友邻

洪武康乾，两个世界第一的太阳升起

六百多年前郑和的庞大舰队

把海上丝绸之路从东海铺展到东非

三百多年前盛世康乾的国内生产总值

超过世界生产总值的三分之一

一百多年前，我们走进腥风血雨

闭关锁国，让我们在封闭中几乎窒息

域外豺狼虎豹，横行神州大地

奸佞国贼助纣为虐，摇尾乞怜

要葬送我们民族五千年不朽英名

中华民族到了最危险的时候

不愿做奴隶的人们，终于在绝境中奋起

二十八年凤凰涅槃，浴火重生

七十年风雨兼程，砥砺前行

我们终于疗好创伤，又走在世界最前列

再过几年，走完百年复兴风雨路

再把第一的大旗在珠穆朗玛高高举

五千年的路，走得实在不容易

历史，要的是史家的秉公直言

诗的吆喝，要的是旋律的博古厚今

我们在危殆中挺直脊梁

在哪里跌倒，就在哪里站起

党心、民心是血肉相连的好兄弟

手挽手，心连心，两度挽狂澜于既倒

让我们重获生机，走路的脚步铿锵有力

迈开大步，继续五千年的漫长行军

中华儿女当自强，挺起胸，向前进

21世纪的曙光照亮我们前进的路

我们一路高歌，"雄赳赳，气昂昂"

我们走在大路上，五千年文明的薪火

要在我们手中传承

新世纪的阳光在前方

向我们招手，我们的路越走越宽阔

把两千年前铺下的丝路，向欧、非蜿蜒

让六百年前的海上丝带，向南向西翩飞

再向东远航，把共商、共建、共赢的

丝路花雨，播撒到安第斯山、亚马逊

我们走在大路上，和地球村的人手挽手

同唱一首歌，向前进，向前进

同奏一支曲：一带一路

哦，那是一支

地球村永不落幕的交响诗

最是故乡情

晚秋客

一千年前，你从岷江走来
四十里城苑挂满如醉的彩练
摩诃池上红牙檀板，箫鼓画船
蓉城飞花秋已深，你才拉开画帘
花蕊夫人独爱牡丹、红栀子
百花争艳后，叶落霜满天
花蕊请来的晚秋客，一顾盼
霜天尽红颜，锦诚丝管纷纷乱
你为千年天府系上彩虹丝带
谈笑间，深秋的脸上斟满酒艳
你携手早谢的百花，把天府儿女
带进二十里香不断的梅花宴
不与东风争宠，独愿春花开满天
夏荷摇起大蒲扇，水上红一片
待秋霜吹得百花残，你迎霜而上
万木霜天红烂漫，好个芙蓉花仙
你从碧水中走来，清冽冽
一幅天然去雕饰的清水芙蓉面

多姿的衣饰华彩，众劳群里

敢和你比肩时尚风韵的有几员

你着莹白晨装走上花的T型台

红粉摇落，一日三变脸

"三醉花"是你的创意，似醉非醉

从天府醉到欧洲拉美尼罗河畔

你是蓉城请来的千年晚秋客

有双龙攀附，绕你青山常在

有两江环抱，润你岷峨丽水

千里沃野是你追梦的悠悠乐园

秋去也，你卸下红装情也缱绻

锦城无时不飞花是你的期盼

金梅吐蕾时你已卷珠帘，待来年

春信梅花闹，伴你再上箫鼓画船

江流千古

望江楼，望江流

锦水流千古

离恨也悠悠

闾井一线钓春水

素笺再落红

满纸相思豆

少小入川，才情满斗

早年丧父痛

逼入乐籍，坠下深沟

应召显宦诗乐会

下笔如泉涌

巫山云雨先朝事

说与今人，一听方休

风尘弱女

好个巾帼心胸

好事越千年

涛声满蜀中

才满斗，情也满斗

十离诗，诉与薄幸风

虽回头，旧情再难筹

悲切切

浣花溪畔，埋葬风流

春望池，好一个

池上双鸟姐弟恋

情缱绻，九十个日夜

锦江处处波涛涌

官宦风流事，不须言

古今一般同

"春望同心草

佳期已渺渺"

红裙卸下着道妆

碧鸡坊间重筑巢

吟诗楼上捧香炉

一炷香，青灯云烟袅

只把春来望

断肠人，心已憔

此生虽无憾，一恁它

清泪寄洛阳

浮世烟花，凤烛残漂

不与君同寝，携春风

与君魂梦相依

再续一秋锦水谣……

一首古老的歌

一曲《凤求凰》

铺满琴台路

一首《白头吟》

声声梦回长安

一部音诗和鸣大戏

在锦官城传唱了两千年

卓千金携手穷司马

披着黑夜出逃

成就旷世好姻缘

天府第一才女

素颜美女芙蓉面

文君当垆举酒端

一颦一笑一回眸

迎客司马心潮澎湃

像喝醉了两眼

才子一首《上林赋》

捧得帝王侍卫官

身加冕，心就乱

糟糠之妻成明日黄花

帝都风月起波澜

文君奉笔叹白头

"朱弦断，明镜缺

锦水汤汤，与君长诀"

浪子终回头

情深深，不忘初恋

凤凰于飞，是歌

是画，也是诗斑

一首古老的歌

没有雄心

却传唱很久，很久

没有翅膀

却飞得很远，很远

太阳神鸟舞

太阳神鸟舞

是金沙的梦幻

三千年的梦幻曲

从地下

谱上了天穹

蜀人看日出

百鸟翩翩舞

巧思，附上灵巧的手

四鸟朝阳

在金箔中看日出

四只鸟，拥着太阳

一起热舞，五百年

浴火重生

脱去羽衫，赤条条

再和太阳欢歌热舞

太阳伸出十二只手臂

泼洒金光

火凤凰热辣喧腾

从此金沙不再寂寞

天府处处是热土

太阳神鸟舞

和谐的节拍，温馨的音符

中华文化的图腾

无限生命力的延续

诗的双城会

诗的双城会，是让

塞纳河和府南河牵手

用诗搭一座桥

让两河的亲情留在一起

诗的双城会，是让

春熙路和香榭里大街接轨

用蓉欧快铁的车厢

你来我往，装满友谊

诗的双城会，是让

巴黎圣母院和文殊院大慈寺

见面，彼此寒暄问候

信仰也是一首诗

诗的双城会，是让

两地心的琴弦凑在一起

巴黎的竖琴，成都的古筝

丝绸之路自有诗情画意

竖琴是只耳朵，古琴是张书桌

你写我听，我拨弦你草书

横琴横弹，竖琴竖说

横竖都是情，横竖都是诗

诗的双城会，是让

两地人拨开头上的霾

把诗的情歌唱给地球听

齐唱人类的共同命运……

桃花故里行

成都一张脸

双龙来护颜

西北龙门山

雪风吹来有点寒

东面龙泉山

世外桃源一幅桃花脸

天府知冷暖

人面桃花不一般

崔护南庄见桃花

一年相思两茫然

桃花故里，情道匆匆过

千树红粉惹你心发颤

蜀中出美女

素颜也娇艳

须知道

火锅脾性桃花脸

麻辣鲜香，还有点甜

连心亭，古驿道

桃花故里诗千行

上看桃花云

下窥桃花脸

桃花本素颜，自带胭脂

不施粉黛也美艳

蓉城素颜女

淡妆隐约也彪悍

虽然有点"烫"

敢说敢为也是一种温暖

麻辣鲜香，还能成就好姻缘

"去年今日此门中"

离恨相思也不会重演

古驿岁月，思悠悠

叹桃花人面，情缱绻

把万千诗行，诉与庄南

草堂寻梅

又来踏雪寻梅地

年年造访，回廊悄无影

冬已深，雕栏外

你淡妆隐约，巧施红粉

岁岁又年年

抚慰杜公客旅心

江梅引客愁

北望故乡人

朝夕陪伴公左右

聊慰思乡故园情

你我早已有约定

金梅初绽时

踏雪是归期

携手结伴草桥边

拢一坛冬雪

化一池春水

喜滋滋，陪杜公品茗

秋风若再破茅屋

你我再牵手，结同心

要让茅屋修葺一新

让杜公不再受冻馁

独爱癯仙有冰骨

凌霜傲雪还有温情

"诗圣著千秋"

杜公当之永无愧

锦城梅香二十里路

花魂铸诗魂

今生如获不老身

年年寻香来草堂

有红颜春信长相伴

与杜公举案齐眉

晒茶瓯，品香茗……

金色的梦幻

走进金沙

走进金色的梦幻

火凤凰围着太阳鸾舞

飞了三千年

蜀人把时间纺成线

三千年织成一幅

天府好锦缎

锦缎上的故事

有喜也有悲

欢乐背后，有一张

历尽苦难的脸

艰辛备尝后，历史翻新篇

蜀锦，把历史织成双面绣

一面绣过去

一面绣今天

过去一张脸

如梦、如幻也如烟

今天一张脸

有喜、有悲也有期盼

还得挽起袖子

握紧双拳，为的是

除恶务尽，不留情面

还得摊开两手，出大汗

和几千万穷兄弟手挽手

驱赶瘟疫般的贫寒

明天的画

我提笔，他调色

你把彩云摘下来

铺在画上边

大家齐动手

把摸得着的金色梦

实实在在嵌进画里边

府南河的金腰带

岷江从远古走来

张开府河南河两条背膀

静悄悄，上下其手

在合江亭把成都紧紧拥抱

温暖手，火热心

芙蓉花开满城绕

"九天开出一成都"

三千年沧桑路

四百年风雨桥

八个桥墩九个眼

府南河腰间系上九眼桥

两河系上金腰带

二百里锦江更妖娆

石桥是弯弓

白塔是银箭，请后羿

弯弓搭箭射日后

瞄繁星，再射天狼

桥上石板留脚印

八仙铁拐单脚一踮蹬

就此腾东海，上天庭

"石牛对石鼓，黄金万万五"

大西皇帝藏宝的剧目

不断在你身边传唱

金腰带要让南北变通途

上饮岷江雪，下推长江浪

天府誉神州，华夏叹益杨

金腰带一头系着水井坊

世界最古老的酿酒厂

火了芙蓉，醉了锦江

酒吧一条街

百家酒肆江边排排坐

灯红酒绿像火笼晃

白领蓝领酌小酒

灯下睥睨多有情商

盛世嘉园都揣着梦想

情切切，莫张扬

请把金腰带牢牢系身上

府南河的乳汁哺育了你

男儿汉，走四方

莫忘故乡水

莫忘故乡的泥土香

烟雨锦江

每一天，当夕阳打着哈欠

催促我跨出门槛，去江边

把自己的脚步细细盘算

散步，是都市人的下午茶

深秋的踏歌声，每一步

落叶会让人如诗如幻

我闭上双眼，抬起两臂

左臂是府河，右臂是南河

圈起来，在合江亭十指相扣

拥抱我的故土，我的家园

泪眼朦胧，喉头一哽咽

差一点就要把娘亲喊

平时从你身边走过

你静若处子，在闭目养颜

风不亲近你，在远处闲聊天

江水像一抹镜面

只有世界的倒影

在你的镜子里轻轻摇撼

这一天，刚来到你身边

老天突然黑了脸

疏远的秋风像泼猴

拽住万千柳条荡秋千

可恨的雨

早不来，晚不来

不带伞时偏又来捣乱

浇了头，还湿了衣衫

落汤鸡，往远看

秋枫是把大雨伞

三步并作两步跑

秋枫伞下理疏发，拧衣衫

蓦抬头，傻了眼

一幕烟、雨、风的大戏

突然在眼面前展演

我是大自然狂飙剧

唯一的看客和裁判

锦江是大舞台，风是导演

古拙的九眼桥是舞台背景

风声、雨声是效果

垂柳、江水和倒影是演员

大幕拉开，但只见

岸边垂柳一字儿排开

像喝醉了酒，撒泼一般

跳起金鸡独立的芭蕾舞

时而导演叫暂停

递她一杯酒，金发乱舞

又在打醉拳。看江面

风狂雨也怒，千军万马

踏着层层叠叠的圆弧

像要脚踏东瀛，出师征战

两岸房舍的倒影很阴险

平时静悄悄，大气不出

风雨来时，投了脾胃

在江里闹翻了天

醉不像醉，病不像病

往日阴森森的硕大身影

被千军万马踏得稀巴烂

仿佛又听得他们在鸣冤叫喊

他们其实是要争着"上前线"

可叹狂飙来时天地转

人、事铮铮都是英雄汉

抬眼看，天幕黑云滚

九眼桥洞都不见

忆往日，锦江水墨画

九个桥洞，七张鹅蛋脸

镇水神兽守桥墩

太平盛世日日安

静静一张画，挂在天地间

白鹭点点动，只是少炊烟

此刻狂飙起，水墨画翻了面

上演的是：天地风云大会战

烟雨骤，桥洞似把城门关

要阻止宿敌来侵犯

神兽飞离驻地，风飘飘兮

要加入千军万马大会战

风雨际会战犹酣

一刹那，天公睁开眼

天幕拉开一条缝

夕阳伸来一双金晃晃的手

话不多，满身是笑脸

奉劝各方都收手

大自然的狂飙剧

只是偶尔露真颜

风云际会锦江烟雨

数十年徘徊

今日首次见

烟雨锦江兮

如诗亦如幻

湿漉漉满身烟雨

热腾腾一头是汗

三脚并作两步走

满身欢悦回家园

锦江水墨画，一幅静的诗

锦江烟雨画，一幅真动漫

故乡美色两幅画

永远挂在我心间

故乡的名片

我心中，有几张珍藏的

故乡的名片，名片上

有我的记忆，我的炊烟

草堂，三国，大熊猫

早已是国人和地球人

远足的终点站

国字号名片

该好好呵护它

时不时用嘴轻轻吹拂

用拂尘为它除去尘螨

有一张，心灵的名片

名字叫包容和温暖

它刻在故乡人的脸上

也藏在故乡人的心间

你若需要帮助

春风一定会来到你面前

城市的爱心

会让你湿润了眼

你在他乡遇到冷漠

即便你不是本地人

在这里也会享受到

故乡的温暖

有一张，口福的名片

名字叫美食之都

川菜早已悄悄溜出国门

在地球的各个窗口

撑开门面，地球人的口福

给成都戴上王冠

有一张，美丽的名片

名字叫锦绣成都

这是李白在千年前

为成都定制的城市名片

"草树云山，山青水绿

天无冻冰，地无尘烟"

美好心灵是城市的良心

美食文化是城市的血脉

美丽风景是城市的衣衫

故乡的新名片像锦江水

还在一波一波

向前翻……

杜工听到自己的诗

当杜公听到自己的诗

在一千多年后还被万千人吟唱

他一定会重披诗袍，赶上高铁

忙不迭回到他的第二故乡

车厢外飞驰的林盘风光让他惊叹

风驰电掣间忘了梳理自己的诗行

想把"春夜喜雨"改为"春夜听诗"

雨声风声，声声叩问杜公心房

朗诵要评选，杜公最有发言权

"花重锦官城"，"重"字怎么读

重量和重叠的口水仗，争了多少年

杜公回故里，请他坐上评委席

水军大都督

其实，李冰早已任命你

水军大都督，我心中的河

心中的诗！你从岷山来

披一身银色甲胄

漫天冰雪狂虐

融入你的血脉，肢体

一路风尘走来

冷峻彪悍是你的性格

统率千军万马

为锦城设防

你是天府儿女的

水军大都督

洪峰来时指挥若定

让浩浩荡荡的水军

绕道新津渡

直下长江三千里

一身浩然正气

哦，我心中的金马河

我心中的诗

锦江，我知道你的秘密

锦江，我知道你的秘密

风平浪静，悄无声

你拉开倒影的幕布

兴奋得浑身战栗，展演

早已预谋的一出哑剧

树林和高楼

激烈而悄声的吵闹

哦，那是在争论

城市的喧嚣和生病的空气

垂柳是你的哨兵，风来了

她会拼命摇头向你报警

顷刻间，你关闭台幕

哂出一江欢笑的浪花

再演一出，千军万马

东流去

来了不想走

客回何处出去？海北，天南

你眸子里淌着湿润的眷恋

故乡在向你招手，巴掌大的

小荧屏，跺着脚在远方呼唤

从来游子归心都似箭

翘望回乡路，行装已在肩

本想迈开步，两脚却像灌了铅

频回眸，蜀水青山芙蓉面

哪一幅让你乐在画中流连忘返

是"草树云山如锦绣"让你沉醉

还是"花重锦官城"让你看花了眼

是熊猫宝宝的憨态让你美得要哭

还是蜀国仙山的壮美让你直喊天

是美食之都的口福让你流涎

还是芙蓉面桃花脸的蜀中女儿

让你温情脉脉，难舍流光美艳

是迷糊老人餐后无钱付账

店家免费关照让你感叹莫名

还是陌生男女护送老人回家

让你感慨天府儿女的爱心绵绵

是婀娜美女让你驻足不前

还是美丽心灵让你心灵震撼

来者都是客，蜀水青山遥迢

处处是你下榻的温情客栈

来了不想走，是你最温馨的留言

候机厅软软的声音在频频催行

游子归乡心已乱，请别再耽延

收拾行装别再回头，频顾盼

你若是有情时，待明年春心漾

蜀水碧山添新绿，桃花又人面

芙蓉花发锦江满，柳如烟

请你再来做客摩诃湖，碧云天

月光谣

"月亮走，我也走

我给月亮打烧酒"

有缘的踏歌声

梦中的月光光

照亮儿时的故乡

地球睡觉了

月亮小心翼翼探出头

像地球的守护神

挡住太阳的热辣

借来一束照明的冷光

夜行人要赶路

把疲乏背在肩

夜店要继续喧闹

月光装饰他们的衣裳

生命在月光柔软的呵护下

进入沉沉梦乡，醒来时

新陈代谢的斑斓色彩

镌刻在每一个生命体的脸上

闹市中的丛林净土

都市丛林

远离名山大川

是因为佛祖希望

和信众贴近交谈

闹市中的丛林

远离都市的边沿

是因为佛祖希望

和更多的众生见面

曾经的震旦第一丛林

大慈寺，市中心的光环

一千六百多年的沧桑岁月

剔除浮尘，佛光灿灿

玄奘心向佛

年少即入川

学佛四五载

大慈寺了心愿

西土取轻立重誓

不获大法，誓不东还
韩国金三太子
二十岁浮海西渡
万里梦寻佛法来四川
盛世的昔日辉煌
是今日圣寺的光环
闹市中的丛林净土
信徒门的精神家园
市周商海的云谲波诡
大慈寺是只不沉的船
玄奘的坚忍不拔
无相的苦心修炼
是商海巡船的罗盘
自洁，沉淀，莫妄为
是高僧给后世留下的
永不生锈的箴言
市场熙熙，湖光奕奕
商海自务商，丛林自礼佛
盛世中华，普天同欢

龙泉要飞

龙泉要飞,脚底下

踩着四个风火轮

一百万辆,风风火火

贴着地面飞

玩街舞,拼摇滚

大江南北火一回

每一个轱辘

滚动着龙泉人

要飞的心

龙泉要飞,头顶上

一只飞船要冲破大气层

太空舞,不消停

绕到月亮背后去

掰开天宫的后门探究竟

龙泉人想把心愿

说给嫦娥听

龙泉桃花会

满山粉黛，回眸一笑

只写得出一个

歪歪斜斜的"醉"字

无论谁，如何守身如玉

怎扛得住扑面而来

满脸矜持的你

你的迎客之道

是用一支粉彩的笔

为诱人沉醉的季节描眉

年年相约，人潮起

你从未衣饰不整

将胭脂藏匿，素颜出镜

将别离，又别亭依依

谁都看得见一个满脸娇羞

而又万般不舍的你

伞

你穿上红白相间的彩云

对着龙泉湖梳妆

大镜子里的脸

害羞，水灵

朝拜的人醉了

龙泉山像噤了声

只听得见

悠悠麻将的铿锵

红伞、白伞插满山

不是怕晒、防漏

是为了挽留

招财的太阳和春秋

有人在伞下吆喝

不是怕晒，躲雨

是为了留住

桃红李白的一张脸

再争一回宠

赌运气

大氧吧

你的肺和我的肺不一样

我吸氧，吐出废话

你把满城的废话吞进肚

没有怨言，毫不费力

穿上桃红柳绿

吐出清新愉悦

世上最大的城市氧吧

把龙泉山扔进兜里

两江是你的两个翅膀

流淌着龙的记忆

张开古老的双翼

金沙的火凤凰要飞

待沱江吸够氧，翅膀硬

牵手锦江再振翅不迟

为千年天府

再造一个洞天福地

大氧吧

火凤凰跳动的心

果园诔

龙泉山，匍匐的龙

万亩果园喝了酒

龙打个盹，眼一乜

桃李争宠，红白乱舞

人都醉入桃花丛

麻将桃花成知己

一见倾心，从春恋到秋

龙睁一只眼，闭一只眼

喜上眉梢却又心犯愁

桃花，人面，麻将吼

曾是龙的脸庞和声音

而今，"人面不知何处去"

千树桃林成荒塚

高楼大军团团围困

万亩果园衣衫褴褛

不见炊烟，只见腐朽

千树桃林今何在

断垣残壁，怀故旧

果园诔，写给怀旧人

城市的蛋糕要做大

大蛋糕，人人都会有

乡恋乡愁是祭品

桃花无语解千愁

抚残枝，借语太史公

"桃李不言，下自成蹊"

龙泉人踩过的桃花地

走出一条通天路

林盘，绿道，森林公园

是新发芽的万千桃李秀

神龙鸟瞰，故园神游

万亩果园桃李梦

梦回江南，再造一个

百万亩城市公园

龙泉山，飞翔的龙

漩　涡

双人沱、罗家碾的水泽

儿时记忆中的皇冠

娃们的水上乐园

光屁股的八岁伢

站在人生的起点

盯着浪花打冷战

漩涡瞪着冷战哗哗笑

伢仔的勇气直冒汗

小伙伴上帝的手一推

胆怯被扔进漩涡

成就一生和水的好姻缘

翻大浪，涉险滩

多亏"上帝"一只手

身在漩涡心还在起点

逝者如斯被芳华

辽阔江天

往事已如烟……

末班车

还没来得及一睹芳容

你就一脸愁容，卸了妆

往日的惊艳，让万千访客

在你的裙摆下失魂晃荡

末班车载着末班人

在做姹紫嫣红的梦

把心愿寄放在

每一瓣衰老的脸上

别忧伤，你曾经的芳华

已烙进朝拜者的心胸

遍地落红

是你无声的谢幕语

末班人乘末班车来造访

是因为枯萎也是一种美艳

寻梦人，只想把一地落红

穿在自己身上

为答谢朝圣的情痴

山顶上的你

依然玉树临风

胭脂不退，留有余香

三十一岁桃花女

三十一岁桃花女

依旧一袭红裙

满身珠翠。今年

春天提前一天来报到

走得匆忙

只带来三月春风

却把太阳忘记

乍暖还寒

你又披上龙泉的风衣

赶赴桃花会

你心中抹不去一千年前

长安南庄的伤心事

桃花门开，你害羞失语

书生傻了眼

只顾直愣愣紧盯着你

两心虽交会，桃花梦已碎

梅花内向，香在外

桃花外向，香在心里

如今你改了脾性

年年频露桃腮，巧施红粉

春风若想调侃你

只需抖落你一身胭脂

莫慌张，别介意

今年此日此门中

到处都是，也改了脾性

抱打不平的桃花迷

凡花碎语

白鹭的歌

白鹭是大自然遗失在江边的
一只孤独，它唱不出歌，只好
茕茕孑立，站在江边的乱石上
对大江倾诉：我们不孤独
疲倦了，它会低下高贵的头
对着江边的梳妆台化妆，追梦
高兴时，它会化成一片白色羽毛
滑翔江面，找到自己的影子闲聊
孤独的歌，只有大自然知道
风来了，喜盈盈吹皱一江欢笑
白鹭看不见自己的影子，孤单了
只好叼起鱼儿狠咽，赶走烦恼

城市累了

大假、小长假是城市人
劳累和汗水的转换器

把办公室的静谧，车间的叹息

转换成在路上摩肩接踵的拥挤

让劳累穿上旅游的衣衫也要出走

这是城里人生来的倔脾气

早八点，城市静悄悄像没了呼吸

几个老人用脚在慢慢丈量行道

红灯绿灯眨巴眼，对他们特别客气

我们的城市累了，白天也在打盹

成千上万的车和人走了，你说

压在它身上的担子减了多少斤

人累了，休息也要找辛苦

城市累了，只想卸下肩上的担子

撵走噪声，抽空撑撑懒腰，打个盹

人挪活，脚底下踩着风火轮

城市只能原地踏步，随板块漂移

我们悄悄离开，让城市躺在梦里

落日素描

当地球疲倦了

把一天的劳累

扔给太阳

于是，我们看见

落日打着呵欠

卸下衣衫上的万道金光

悄悄地，把地球的大门

缓缓关上……

海　恋

每天我都红着脸

偷偷来看你

你退潮

我的心潮才开始

你只想让无情的小浪花

打湿我的心，想说

别对你苦恋成癖

你藏起大潮

躲在下半夜沉思

我不傻

穿上夏夜的海风

也要到银色的沙滩上

来看你

落日金

大海疲倦了

把伞撑开，落日

向海天铺洒黄金

拾贝人哼起小曲

弯腰捞金

赶海人一边跺脚笑

一边踩踏黄昏

旅人枕着梦

大海给他们盖上

银色的沙粒

拥着温暾落日

渐渐入睡……

天籁音

跣脚赤臂

跨进银色沙洲

披巾抒怀

溶入海天一色

柔风摩肩又抚背

无酒也醉人

白色床褥上人潮涌

斟海风赤膊买醉

碧水浪尖上万头攒动

群鸭戏水

银色记忆是鬓角的白发

人声，涛声

谱成海天之隅的

天籁音……

白沙蓝

白沙村的纳西人
把一架大画盘搬上天
画的底色，是一抹
洗尽铅华，一尘不染的碧蓝
一双双起茧的手把絮棉，白沙
一丝丝，一缕缕，一团团
涂上望不到边际的画卷
白沙蓝，是挂在西陲天空
一幅纯净而肃穆的写意画
洗过的蓝，让画美得令人窒息
滤过的白，白中流淌着蓝
白沙蓝，是挂在纳西人嘴上
一幅迎客的风情画
远方来客只需放飞身心
蓝天为被，白云为褥
躺在白沙蓝的梦里
昏昏然，让太阳为你按摩
让一身牵挂进入冬眠

闭上眼

享受光的盛宴

雨　帘

细雨织成的帘幕，把秋天

抹成一张灰蒙蒙的脸

江槛上，秋枫张开双臂

把秋天织成会唱歌的雨帘

栏杆外，红尘渐渐远去

深吸一口清芬，呼出尘缘

烟雨锦江一幅画，雨脚

踏着无数浪花的圆舞

把帘幕拉到天那边

啊，暮光中暗去的黄金海岸

诗和远方

诗和远方

是一场

种子和泥土的盛宴

风是琴师

柔情是甘露

柳丝儿蹁跹舞

迷蒙雨

谱成摇篮曲

诗的三和弦

在远方，枕着芽孢

轻轻咏叹……

空　灵

空灵，是用

淡泊而悠远的色彩

描绘的一幅画

你最好

从背面去欣赏它

因为，空灵有一支

喝醉了的笔

常把激情抛洒一地

在看不见的画布上

乱涂鸦

知心话

恋人的衣饰上

流光溢彩

衣褶间都缀满落霞

每摘一朵花

一片彩，还有

从火炉中扒出的

还在燃烧的句子

只是为了

对着电子文档

想说几句

知心话

做寂寞的自己

小楼，孤零零站在那里

瞪着一双黑色的眼

满世界的阳光

躲在他身后

犹豫

春天早已收起自己的笑容

藏在楼边的阴影里

寂寞地数落着

阳光留下的每一片

记忆

低头族

你顶着太阳

在和自己的影子

说话

你披着黑夜

在寻找未来的

阳光

仿佛全世界都盯着

自己的手板心

祈祷

禅　雨

棚顶上，你欢蹦乱跳
敲起暴雨般的非洲鼓
一声声
跌进梦的山谷
山林间，你淅淅沥沥
像絮絮叨叨的农妇
一声声
串成了诵经的念珠
江河里，你大珠小珠
拉起千军万马的圆弧
一声声
呼啸着流进人间净土

倒　影

有时，风偷懒了
河面就是一架

小心翼翼的梳妆镜

城市的威严、庄重和矜持

在镜子里心跳不已

看它一身都在颤抖

欲说还休，语无伦次

每一幢建筑都像发射塔

把看不见的电波变成光影

向太空不停发射信息

译成倒影的语言

大意是说

庄重是我们的本分

威严和矜持，是城里人

故意给我们上的粉底

梳妆镜里，我们不停跳跃

是表明建筑也有生命和呼吸

风来了，镜子打个哈欠

脸上堆满皱纹，笑嘻嘻

水花打着哈哈就是不评论

城里人和倒影的争论结果

还要等下一次的

风打盹

诗囊里的暗物质

物理学叫暗物质

眼瞳里，黑不见底

大脑说，发现它

是开天辟地

诗的大脑灵异

化腐朽为神奇

太空，黑色魔幻

放进诗的梦魇

哦，宇宙

盛满清水的大玻璃缸

悬浮，滚动着无数

生命体和非生命体

可他们的质量

还不到宇宙总量的

小指头皮，其余

全是暗能量，暗物质

或许，只有在

诗人的梦魂里

才能看到它

看不见，托起看得见

黑暗，托起光明

似水非水，托起宇宙

似见非见，托起心之力

诗囊里有一支笔

给瞎了眼、摸不着的水

穿上外衣，写出名字

暗物质

哦，诗人心中最浪漫的

抒情诗……

夏天的流派

夏天撑开火伞，踏着火轮

在地球的炫舞中，凝神屏气

拽住暮春的裙摆，偷偷来临

他知道，一身的火辣和烈性

并不受人待见，遭骂名

春种秋收之间还有一长截路

还需要他来扬花、润肺

他悄悄到来是怕激起众怒

咒骂他火得突然，像在熏蒸

但他最大的安慰是，还有许多

盼着夏爷爷早点来的小粉丝

他们盼着早点和爷爷

在游泳池中嬉闹，争输赢

姑娘们盼着久等才来的

热浪中，早早穿上超短裙

还有夏练三伏的好汉

叫嚣热得还不过瘾，没意思

夏天的流派，有喜有怒也有悲

还有顶着骄阳抱怨的唉声叹气

夏天的流派名字多多，五花八门

"烈火真金"是他的至高荣誉

"汗流浃背"，是他的大众化学名

"热不死你"是他的诤友，也是宿敌

其实夏天的个性既火爆也柔情

嫌热了摇一把蒲扇，还可忽悠空调机

嫌热不够，尽可坐高铁到火焰山去

从温柔的冷到温柔的热，再热到烧心

是大自然自编的血管体操

保障庄稼身体健康，秋后多产籽

夏天汗流浃背地来，喘吁吁
带来一筐塑泥，背来一身彩云
塑好无数多姿多彩的金童玉女
然后，把他们悄悄推进秋天的怀里

秋枫廊

江槛外，桃花追流水
秋枫在岸边一字儿排开
手牵手悄声细语
忽而，把臂膀伸进江心
舀一瓢流水欢歌
让桃花人面附体
秋枫廊下轻倚栏杆
捧一掬春风
眼迷离
秋枫廊是诗的步道
旅人的伞，水的伴侣
是蓝天遗失在地上的扶梯

橡皮筏

冬天，盛满一江水

橡皮筏在水下弓着背

一湾望不到头的镜面

对蓝天白云叹气

本该在山里雪地冰天

现代时尚人，在都市

要表演袒胸露背的水游戏

橡皮筏猫着腰，打个喷嚏

蓝天垮下脸，镜子花了眼

小瀑布蹭蹭着腿撒欢

城市风景乱了方寸

橡皮筏捶捶腰，喘口气

揩揩冷脸上的热汗

又鼓起肚皮，笑嘻嘻

其实我只有一张皮

人家给我打气，我才活得

像一尊佛爷坐镇在这里

让城市一年四季有风景

贡献有大小，而我
只剩这张寒碜的肚囊皮

雨西湖

蒙蒙雨，淡淡雾
烟雨声中走西湖
堤上排柳堤下路
轻风送我入画图
点点红，片片绿
你穿绿裙嘴涂朱
有心撩你水一曲
十里荷花脸泛红
桥一湾，水一湾
游子最好倚栏杆
明眸皓齿已拳拳
秋月何须半遮面
山也绿，人也绿
西湖独秀数林逋
梅妻鹤子今何在
垂泪青山知也无

园中园，湖上湖

红莲头枕绿床褥

月门洞开万顷碧

云水依依情更笃

蒙蒙雨，淡淡雾

花一路，诗一路

今日告别钱塘去

梦中还唱雨西湖……

草树云山吟留别

癯仙吟

凌厉冰雪节愈坚，人间哪有此癯仙

——陆游

少不更事的我，曾看见

回廊外，你满脸红云

步履轻轻

踏过早谢的落红

提起你的围裙

曼妙起舞，一地彩云

从此，你是少年心中

永不磨灭的心仪

年年披霜踏雪来

只为一睹你

风姿犹在，红颜几许

岁月的年轮催白发

跌进文山辞海，才看见

国人心中处处有你的脚迹

四千年前你和"公孙"牵手

大摇大摆来到殷商大地

把一生芳华献给华夏子民

当驿使，春未到

策马加鞭，香汗淋漓

把春天早早挂上南枝

冰之魂，雪之肌

冰清玉洁身，浮香流溢

放翁惊叹"人间第一香"

稼轩满园寻香香不见，原来

"着意寻香不肯香，香在无寻处"

孤山放鹤亭外，隐者沉吟

早已敲定，字字珠玑千钧力

"暗香浮动月黄昏"，水中影

暗香，浮游神州几千年

沁人肺腑，催人欲醉

国之香，香在国人心里

独天下而春，一枝春

年年岁岁，开在国人心里

成就群芳之首，"状元"及第

独占花魁，百花独尊荣

"无意苦争春，一任群芳妒"

从风雪中走来，只为唤醒

还在暖被中酣睡的懒驴

孤山隐士的娇妻

平生最薄封侯愿者

不离不弃的红颜知己

冰肤玉面美娇娃

到人世间来一展风情

誉满全身的玉玲珑

醉眼看，"直到烟空云尽处"

罗浮山下一枕幽梦

梦醒时分，伊人携香已远行

霜雪之神祇，千里冰封

霜女巧把胭脂偷来装扮大地

卸下红装后，淡妆隐约

冠绿萼，好一个九凝仙子

耐不住琼楼玉宇高寒

带来玉霄神女的暖暖书香

暗香再浮动，春满红尘

人间自有温情在，情依依

岁寒三友小兄弟

清友亦净友，谈天也说地

"常绿"终年披绿不眨眼

守护绿水青山，未敢稍离

幽篁持节，披肝沥胆终不悔

要为人间反霸道，树正气

凌寒先报春，春来早

满脸朝霞，拖一篓炊烟任性

身为四君子掌门

要跟顶天立地绿玉君联袂

撑起君子之道一片天

挺拔正直，自强不息

新时代君子之交

不是淡如水，坦荡荡同携手

为共同命运拼搏，共进退

哦，国人几千年的眷恋

为你戴上无数桂冠

配上光彩四溢的霞帔

是人，是神，是物华天宝

还是玉面幽香的神韵

深深扣动国人的心

今日之华夏，巍巍河山

人人手持彩练当空舞

神采飞扬，信心满载迈大步

耿耿此心，盼群芳中的你

永怀"凌厉冰雪节愈坚"

国人心中的圣斗士

秉气节，斗风雪，战严寒

一个英姿飒爽、威武不屈

来到人间的巾帼瘤仙女

枝干虬曲，苍劲嶙峋

饱经沧桑的战士

屹立中华大地，守土戍边庭

剑指柔然，代父出征

十二载疆场红缨漫卷

归来女儿身，依旧是

"对镜贴花黄，当窗理云鬓"

黄天荡猛擂战鼓，击碎

入侵金军的心，威名天下闻

英年撒手人寰，战未竟

马革裹尸女儿身，楚州魂

长歌当哭，英雄泪满襟

代夫出征巾帼女，不让须眉

"双玉"抗金传佳话，巴蜀地

"桃花马上请长缨"，戎马行

踏遍神州四十春，未稍停

鉴湖侠女永怀报国志

为拯救国之危亡，屠刀下

慷慨悲歌："拼将十万头颅血

须把乾坤力挽回"，好一个

铮铮铁骨小玉姑，血色美玉

来自万里长江第一城

从三江交汇的浪尖，戎马关山

来到"白山黑水除敌寇"，只为

"甘将热血沃中华"，还我芳草地

酷刑下，中华儿女节愈坚

不堕抗日救国青云志，忘生死

路漫漫，共和国心中永远有你

走过豆蔻年华，含苞待放

为共和国铺路，抗联，妇救会

处处有你的步履，炽热青春

"自卫队"的铡刀，吓不住

你的不屈躯干，凛然大义

"生的伟大，死的光荣"八个金字

是共和国今天的奠基石

向新中国挺进的前夜，你倒下

倒在黎明前的黑暗里

竹签、老虎凳、辣椒水算什么

休想敲开钢铁般坚硬的意志

凌霜傲雪，气节坚贞一枝春

临难高歌，"只留清气满乾坤"

山河同悲，一腔热泪送英魂

换了人间，七十年春秋红烂漫

巾帼群芳竞艳，迎寒飘香云

缤纷怒放，迎春送暖红满枝

共和国勋章三闾杰，女儿身

立足西沟，斗风雪，战寒冰

一生卖给黄土地，年九秩

"最美奋斗者"是一棵常青树

坚韧不拔是你的不老根

屹立黄沙数十春，敦煌女儿

东方明珠石窟的守护神

守护的是千年文明精华

飞天见你也要礼让三分

"呦呦鹿鸣，食野之蒿"，仿佛

三千年前就有一个神秘约定

一生将和青蒿素结盟

指挥黄花蒿茎叶的晶状尖兵

把几百万人从死神身边夺回

好一个让人起死回生的癯仙女

新时代，群芳绽开更有时

赛场上红色风暴，席卷五洲

两个五连冠，十二名娘子军

"行走的表情包"勇冠三军全能王

"宝宝"击掌，最会演对角戏

"小宇宙"砸他个地板开花

老"掌柜"把网门拦得密不透气

"小苹果"，大出息

高点投弹，犹入无人之境

新时代红色娘子军军歌

团结协作，顽强拼搏，永不言弃

一样的中国精神，感天动地

不一样的精灵个性，最爱怜

国人心中的巾帼神圣

雪虐风饕，凌寒破冰来

为春天报幕，红霞满乾坤

任他鬼魅肆虐，虽远必诛

我自凌霜傲雪行，气节坚贞

哦，哦！大中华儿女心中

国之花，国之香，国之魂

昔日少不更事的少年，如今

已是蹲守在槽边的老骥

初心未改，朔风吹

"依然新白抱心绿"，志未泯

此生有幸，怎识得一个
风华绝代，而又
铁血柔情的你

千扇吟

看见你，轻摇蒲扇
摇着万千柄优雅的蒲扇
从浮来山款款走来
从禹夏走到今天
走到共和国的七十诞辰
四千年风雨路，依然
容颜未改，与青春同行
亿万年前，你刮起
阵阵侏罗纪的世界风
展亿万张绿扇，铺天盖地
铺满天海中飘逸的蓝星
傲岸江天，所向披靡
冰川运动大魔头，威风八面
想把你赶尽杀绝，而你
即使战殁了黄金甲

剩一副钢筋铁骨的躯干

也要和魔头拼到底

坚韧沉着，且战且退

最后，终于坚守在

筚路蓝缕的中华大地

从此你青衫薄履，风起处

千扇轻摇，信步神州

今日域中，谁不识你

一个已届四千岁的国之灵秀

把历史圈进你的年轮

把盘庚迁殷前的华夏

深藏在你幼年的记忆

只等后人去探矿，寻幽

曾记否？球花依依迭代

孔子在你的杏坛下

演绎过数百年的乱世春秋

曾记否，你峨冠博带

柔善悠悠，花重大江南北

巡游华夏文明三千岁

一山一水皆骨血

一草一木都成秋

盛世，炎凉，杀伐，呼啸

埋进历史的沙砾

汉画像石留下你的身影

舞乐图嵌下深深的脚印

儿女们由着自己的兴致

装饰打扮你，哄逗你，为你

永不谢幕的青春扮靓，助兴

国门前，你金戈铁马挺立

捍卫身后的八千里路云和月

海岸边，你是航标树

是远航渔人归来的指路灯

夏日炎炎，张开无数扇柄

把你荫蔽下的凉爽送给孩子

聆听他们把"鸣杏"闲吹

深秋踏着鸭掌步，蹒跚而行

把银色的果脯送给千家万户

儿女们促狭，起哄

要和你孔雀开屏，舒展风袖

羽扇上挂满凤果，金桃

儒士叫你公孙，要跟轩辕攀亲

善男把你请进佛门修炼

满身披挂佛指甲

菩提，圣树佛光炫耀

集万千宠爱于一身

国人赠送的雅号有一箩筐

刀枪不入的活化石

魔头见你，吓出一身冷汗

烟火毒疠见你，立马逃遁

披一身抗辐射的战袍

电磁波也要让你三分

对敌顽，金刚怒目

对儿女，奉献倾情

果入汤头叶入药，一身宝贝

你是韧之魂，国之树

四千年华夏衣钵，你见证

亿万儿女新时代举双臂

山呼海啸一个声音

国之树，千扇树

哪里有你的身影，威武挺拔

千扇变锁甲，辨敌情

哪里有你披挂黄金甲

儿女成行送你出征

一年一轮回，卸了铁甲

遍地黄金，只为来年军情急

再厉兵秣马，把守国门

湮柳吟

"芙蓉面，杨柳腰"

你曾是千年诗囊里的

曲江美女

二月春风一把剪刀

裁出你万般风情的柳叶眉

勾引春风，摇曳多姿

谁敢与你比肩纤腰与轻盈

你素颜绿裳

不好红装，不尚艳丽

"低含雨，斜带风"

婀娜舞姿最撩人

春将去，你柔肠百结

抖落一身白絮

让你的儿女随意春风

漫天飞雪

于是，残月高挂秦楼

年年折柳盼留客

又多少灞陵伤别

"昔我往矣，杨柳依依"

你已守候国人的离情别绪三千年

而今，你依旧携手春风

荡回神州大地

千年折柳悲切切，泪盈盈

是古人挂在历史上的凄美画屏

而今，柳成行，绿成荫

你柔丝婆娑，姿态丰盈

苏堤上漫舞

运河边逡巡

九域大地处处有你的脚印

九天开出一成都的锦江畔

一行垂柳也醉醺醺

再无离恨折你"柔条千尺"

再无怨怼恼你"不解迎人只送人"

你绿发蓬松盈天际

好一个现代蓬松美发女

一字儿列阵在湖畔河滨

春风推送你

展演金鸡独立的芭蕾舞姿

每天从你身边走过

轻抚你下垂的发丝

章台含烟春将去

情切切与你再诉衷情

此生和你共携手

卧飞絮，驭春风

同赴人间胜景天尽头

乐无忧……

春之絮

看见你

看见你，搓揉一双手

暖暖脸庞，刹那间

一篓篓胭脂

爬满了暗香枝头

你轻盈盈握一把秀剪

捉住柳条儿，像剪纸

剪出无数纤细的

春天的眉毛

看见你，像一阵风

窜到花贵妃的肩上

用暖风这把梳子

为她的垂丝美发

细细梳妆

锦江静悄悄

水冷得快要发毛

看见你，在江边蹲下

手一撩，水花点点落

拉起万千涟漪，一江欢笑

你回眸一笑

像十七八岁的村姑

在搅拌春光……

春天的声音

春天的声音

是一支漫不经心的圆舞曲

雨棚上敲起非洲鼓

只能用心去听

耳膜是黑夜的眼睛

看见的是无声的雨幕

听见的是春天的呻吟

羞涩的红杏刚刚探出头

把胭脂偷偷抹上嘴唇

春风立刻拽住她的裙裾

忍住笑，轻轻摇曳

此时无声胜有声

鸭群扑棱棱跳进江河

是想把春天的信息告诉江水

铜钹连连击打，一片嘎嘎欢腾

是春天炫舞的最强音

枝丫们悄悄伸出小拳头

互相道贺，窃窃私语

芽孢微不足道的爆裂声

是春天即将远行的余音

春天的圆舞曲

只能用心去听

渴　望

春天刚刚走下风车

提前一天来赴会

你就急着拉开面纱

露出脸上的醋意

不知道你嘟囔着嘴

在和谁赌气

原来，真相藏在

三月天的腋窝里

风撩起邻家姐妹的刘海

一对丹凤眼，让蜜蜂

也失去吮吻的勇气

其实，你两颊绯红

成熟得让人想入非非

你只消稍一顾盼

圩子上就会冠盖如云

到处都是

喝醉了的善男信女……

在春天的阳光下漫步

柔风轻轻推送我在江边浪游

像饮一杯玉液琼浆，眼朦胧

阳光按摩我的脸庞，太阳也时尚

哦，谁能逮住我病态的狷狂

春风沉醉，不一定在夜晚

秋冬夏，有哪一个季节的代码

让我牢记，在记忆中翻看他的模样

我把尾戒悄悄戴在春天的小指上

仿佛，每一步都是空谷足音

让我在多彩的世界东张西望

千里雪域是一际无边的圣洁

我把圣洁围在春天的脖颈上
太阳和春风年年携手二重唱
是为唤醒沉睡的山河，让人心解冻
让人和草树云山整顿行装上路
我把春天的嘱托背在背囊上

春天的围裙

春天不是穿职业装的女孩
自由和温柔是她着装的唯一选项
绿色的风衣跳动着红、黄、蓝
两只燕子悄悄跨上她的肩膀
最难选的是围裙
冷和暖争着要秀风光
一个在厚裙上要添一具手炉
一个在薄丝面料上要绣鸳鸯
借来诗仙的一把剪刀作了断
给春天穿上云的衣衫，花的容貌
乍暖还寒们，各自商量着去拼图
请把最美的围裙系在春天的腰上

背包客

你是背包客。背囊里

装着芽苞、火种和羞涩

还有蓝天的梦呓

你说不去远方

只想把希望播种在

贫瘠的眼睛里

你温馨而又羞涩

默默奉献火种

远离奉承和赞誉

是不寻常的背包客

只想付出，不想收获

蓝天下有你一杯羹

你却背上行装要远行

你把春天分发给大地

田野绿了，人生绿了

你一声不吭

静悄悄

在远方消失⋯⋯

春天的眉毛

为春天化妆

请先画春天的眉毛

她是风雪夜归人

眉毛上爬满了白霜

她从冬天的长夜走来

手已经冰凉，背包里

她背来沉甸甸的太阳

温暖是她带给大地的礼赏

让春天坐在你的炕边

为她捧上一杯馨香的热茶

请用你的画笔，画一枚柳叶

轻轻贴在她的脸上

罪之辩

她从北方走来，背着暖风机

拎着加湿器，却说自己是

南方来的天使，没有醉

打开加湿器泼点雨

草木乱纷纷，像喝了酒

她说他们是醉汉，醉如泥

暖风机刚打开，出了大事

十里樱花大咧咧全都敞开怀

找不到自己的骨架在哪里

她说樱花们太爱暴露自己

海棠懒洋洋对着太阳梳妆

打着哈欠把刘海梳到一边去

她说不醉的人怎么会这么没规矩

梨花迎着暖风把雪花抛洒一地

说她素裙不穿，羡慕桃花靓女

江边的燕子会来事，一个猛子

飞蚊成了口中的早点美食

说感谢她带来的阳光，在江面

把飞虫滋养，培训得成群结队

说她很有爱心和酒德，不醉不醉

可她忘了自己带来搅局的家伙

全都是酿酒的机器

春风得意时，花醉魂，人醉心

只要春天把自己的裙摆抖开

酒不醉人人自醉

春天的脸庞

在大地的心中

春天是守时而严肃的播种者

在人的心中

她是温情脉脉的美娇娘

双颊染几片桃花的绯红

让笑靥挂在眉梢

采一束海棠花的垂丝

铺成刘海，再对镜贴花黄

乍暖还寒时候

欢快的脸也有忧伤

假如风雪夺走了她的妆容

请为她准备好粉扑和唇膏

红　裙

系一围斑斓的红裙

晚霞的披肩，在风中摇曳

香汗在鬓角悄悄渗出

背篓里装满一大波笑声

你曾劝说太阳别下手太狠

播种火焰，芽孢们还太稚嫩

你曾把大地染成绿色锦缎

红霞万朵挂满收获的彩云

你像红眼蝉，在蓝天高唱入云

提醒追梦别忘了劳作的本分

你像报晓的金鸡，从不放弃

用声音掀开被窝中慵懒的人生

斑斓的红裙，晚霞的披肩

你在丰收的季节盛装出镜

将去远方，嫁给银色的世界

卸下红装，与冰雪共枕……

春天想对你说

春天渐行渐远的背影，消失在

她辛苦耕耘的绿肥红瘦里

只想对你说，别把温柔富贵乡

当成酣睡的枕头，久卧不起

她栽的花谢了，绿叶还要撑到秋冬季

炫彩的花朵只是佐餐的味蕾

生命力的胃口大开，绿色才会永恒

你是强者，就该敞开你的心扉

把春天的温柔深埋心里

让绿茵长留你的记忆，因为

梦回神州的七尺男儿、巾帼淑女

都有一颗永不生锈的倔脾气

家国情怀，是他们心中的最高神祇

春天想对你说，她最厌恼慵懒和昏昧

年年来你家访问，从未忘记初心

带来火种，是怕寒冷冻伤你的意志

带来阳光，是希望你有朝阳的勇气

春
之
絮

明年春天若再来敲你的门，请你

别把遮羞布当口罩戴脸上

装着对春天说：不认识

我们都是春天的债务人

春天雅量又大度，把什么都借给我们

驱寒的暖炉，滚烫的心，还有

诗的芽孢，生命和思想的种子

解冻江河流淌着的，春天的记忆

春天不是高利贷者，但她绝不是

只要施恩不图回报的行善圣人

借给你春光，是希望你燃烧自己后

再去点亮别人，借条的名称叫青春无悔

春光是一笔饱含魔幻色彩的财富

假如你把偷来的春光窝藏心扉

沉醉春风，玩弄VR的人生游戏

春天将以债权人的名义把你送上法庭

我们都是春天的债务人，从古至今

每一代人每一年都会给春天立下借据

偿还债务的最好行动是诚信
因为春天最蔑视行动的矮子

握　别

握住春天的手，话到喉咙
好不容易才道出一声：珍重
离情悠悠，眼睛在追问
又到哪里去寻找羞涩的重逢
你播种希望，点亮万家灯火
却带走绿茵世界的遍地温柔
希望需要锤炼，光明不是流萤
你将把温柔的陷阱悄悄带走
其实，时序的四兄妹很亲和
都是岁月和年轮的得力助手
只有经过炎夏的炉火冶炼
秋收冬藏才会大腹便便脸发光
明年你回家，我来门前守望
嘘寒问暖，再捧上一杯香茶
为你洗去风尘，再描眉毛
握别春天的手，还留有余香

春天的忧虑

春天用一双温情的手

抚摸大地，抚摸生命的脸庞

只想为枯萎的树重新配色

唤醒还在酣睡中的理想

假如春天只是一坛美酒

人生就是一杯接一杯买醉

她宁愿敲碎自己

让酒去浇灌干涸的土壤

假如春天只知道抱着柳条荡秋千

人生的游戏是自己唯一爱好

她宁愿跌落大地

让游戏的人生为自己送葬

三月桃花梦

用两个本命年的手

绘出一百个本命年的

香艳桃花梦

春天的奢侈

花魂，诗魂

在同一个屋檐下

共诉衷肠

人面桃花的千年诗灵

一展翅

从南庄飞向九州

从此，你在柔情中

定格，回眸

"去年今日此门中"

每一扇桃花门

你都会向踏春人招手

于是，你成了

寻春猎艳人的

真人秀

千年桃花诗千行

走在每一行字里行间

我的灵魂都会和你

牵手

梦未醒，你已卸下

一身婀娜红装

人去楼空……

春天确实很苦恼

春天很豪爽，她哺育世界的乳汁

无法用时间和重秤来衡量

公平是她处事的规则

善和恶都在她身上吮吸营养

春天确实很苦恼，她想让恶行闭嘴

善良的行为往往又给恶魔带上暖帽

除恶务尽是人世间治乱的准则

春天虽然赞同，脸上却露出苦涩的笑

春天推着年轮车，年年来播种

地绿了，河笑了，心发芽了

她揩揩汗微微笑，把九十天的播种记录

装修大地、撩拨人心的账单装进行囊

春天确实很苦恼，播种扬花却看不到结果

人心发芽满脸春色却不知道是否有负春光

她背着沉甸甸的账单还要去和太阳握手

还要说服他别把夏天的体温拉得太高太高

一年之计

推开春天的门扉

她在测量大地的体温

计算变化莫测的风云

一边忙碌，一边对我发问

准备好了吗？请不用咬文嚼字

我这里只有一杆秤

称盘放上你的计划

秤砣是你的决心

我只需提起秤绳

就知道，你是

灵魂的矮子还是巨人

每一年春天拿一支绿色的笔

带一台测量阳光风雨的计算器

测量生命体的年轮和臂力

制定播种和收获的一年之计

春天说，每一个人

都该有自己的一年之计

它不是生命年轮的补丁

它是生命延续茁壮的强心剂

行动的巨人视它为自己的生命

只说不做的人，视它为

自己的催命咒语……

跟春天有个约定

春天知道，我会年年向她发誓

然后把誓言和计划打包，瞄准她

转过身，悄悄打开冰箱，把包裹放进

冷冻室。摩拳擦掌背起行装像要远行

为的是，冬末好随时打开冰箱

取出包裹，让它在腊八粥的肉香中

慢慢解冻。然后铺在岁月的书案上

拽住岁月的尾巴，等待春天再次来临

春天打开我解冻的包裹，皱起双眉

誓言已经嘶哑，计划已经生霉

她不明白是吸食过多的春光让人沉醉

还是懒惰的蛀虫掏空了人的雄心

今年，我跟春天有个约定

把新征程的包裹挂到微信公众号上

让誓言曝晒在春天带来的阳光下
不怕嘲笑，让计划穿上皇帝的新衣

春天的心事

春天的心事，在她一头蓬乱的卷发上
用时间的梳子去梳理，很吃力
解开心结，还得抹上情感的润滑剂
山河升温，大地上色，人心解冻了
还有密密麻麻的烦恼、期待和悲喜剧
心事重重，烟雾迷离，出差行程无归期
最挠心的，她是赛道上的领跑人，还得
用冷暖两支笔为生命世界绘制一年之计
九十天把一年的工作安排好，实在不容易
春天若加班，除非外星人来付工资
夏天的脾气本来就火爆，挤占他的时间
放你几把火，地球也会热得呼天喊地
地球人最懂得春天的心事，别忘恩负义
春天为我们挠心掏肺绞尽脑汁，把一个
温天暖地的大别墅布置得舒心又惬意
你把心交给春天，是表示你对她的信任

春天把心交给你，是要了却一桩心事

想看你：是行动的巨人还是矮子

雾里桃花

春天刚刚睁开眼

严冬的尾巴一扫

花儿们还在打冷战

眼矇眬，雾里看花

多几分娇艳

三月天，是梦的天

桃花戴上遮阳帽

涨红了两腮

却又雾起了脸

娇羞给谁看

春风提着花洒

笑吟吟，送来甘泉

为桃花洗一洗胭脂

拂一拂尘缘，巧打扮

还需拿一把香梳

梳一梳灰蒙蒙的天

雾里桃花，很养眼
是娇，是羞
还是另有打算
痴情汉
可别看走了眼
娶一束桃花回家去
拨去面纱，还得看她
几时给你颜色看
卸了妆
请拥着她的不谢芳华
和春天同眠……

春天的分内事

春天把太阳背来
汗淋淋，气喘吁吁
工作的千钧担，从北极光
背到万里桥西，枯柳边蹭下
盘点担子里带来的稀奇
一把风梳，为大地梳理时序
吹走冰雪的沉淀，让理想发情

用一大钵从太阳那里借来的温暖

唤醒还在被窝中冬眠的人生

把一年该做的事盘点，算计

再将微笑和温暖送给你

剩下一大筐七彩的云和笔

春天本来就是天才画家

油画，工笔画，大写意样样精

绿色是春天给大地打的底色

剪裁云霞，打扮社会，装点人生

是春天为大千世界缝制的新衣

最后一件是三个月的工作笔记

年轮的大总管一向铁面无私

大事小事表扬怨怼都要记清楚

感伤留恋和挽留的话就别提

年轮说，因为那是春天的分内事

春天的性别

春天，你姓什么

你是百家姓中公推的

最温暖的图腾

你是被男人宠坏了的

春姑，美少女

男人用眼睛和期待画你

又是带翅膀的神灵

春天是女人的化妆室

化妆多元的世界

也该有多元的诗句

女性用心灵和智慧

画出的春天

是暖男，好男生

她不只把阳光带来

给大家暖胃

她体贴顾家，不浮躁

能把冬天留下的荒凉

插上鲜花，打扮河山

让每个家庭有诗意

当她要离开我们，去远行

也会为世界撑开一把

厚厚的绿色大伞

为即将投下的海量炎热

做好防空准备

春天，你姓什么

男人的心中

你是女仙

女人的心中

你是男神

交　班

当我的背囊里

只剩下枯萎的叶片

我就想，怎样才能

用甘甜的乳汁

把你的青春注满

行走在风云际会的浪尖

一百次的成功

我脸上爬满沟壑

只需一次失败

血液就会凝成冰粒

你风流年少

意气满满，只缺少

把温馨煎熬到明年

当你醒来后

再去农家小住

请把菜花点燃

你的温馨和微笑

让地球绿了一大半

我将去极北休假

盼你值好班，别贪玩

春风得意时

事事悠着点

这是冬天给春天的

交班留言

送　别

我拾起一枚胸针

别在你绿叶覆盖的胸前

你默默转过头去

天际的红云在你脸上闪烁

你眸子里涌动的泪花

激起起我心中万千涟漪

你来时用一双温润如梦的手

吃吃笑把树梢轻轻摇曳

你捧着一颗赤诚灼热的心

解开我冰凉的衣衫，送来温煦

你播种云雨

我穿上新绿的风衣

你播种爱情

旷世情怀，只有我和你

岁岁又年年

我们分别又相聚

分别时本该互道一声珍重

话到喉头却是一声哽咽

你去了，却把芬芳留在我心里

每当朔风吹进我的胸膛

我会紧握着你的芬芳和温暖

在隆隆雷声中

静静地读着雪莱的诗句

春祭颂歌（散文诗）

啊，春天！你穿过沉沉夜，重重雾，终于来临！

你披一身霞光，袭一笼香气，静悄悄，吃吃笑，从柳梢头，
绿树荫，终于来临。你掠过水面，掠过浮萍，像乳燕，轻灵灵

落在锦水之滨。你是不是要歇一歇脚，喘一喘气，把你从天国带来的温馨，撒遍大地？

啊，是哪位天才的画师，慑住了你的眸子，捕获了你的魂灵，像米开朗琪罗的雕塑，把你嵌在山水之滨？你去了，你的红颜永驻，青春长存；你去了，你的馥郁芬芳，将长留天地！

啊，春天，你穿过沉沉夜，重重雾，终于来临！

我在春天怀抱，春天在我心里……

练习生说诗

百花园

百花园的疆土

地球村，星空，未知

最小的花园

尺素鲛绡，斗方上

留下几行即景诗

一束花，低吟浅唱的小溪

带着忧伤悄然别离

另一束，狂泻暴风雨

把山洪装进诗囊

对着黑洞，抒猖狂之气

还有一束，在高寒地

孤芳自赏后，离群索居

众多的朝拜人，捧一掬清水

浇灌诗行，潜心修持

把个性涂上流行色

悄悄种进园里的芳草地

园子外，风生水起

雷霆万钧，仿佛

全宇宙都在观看

地球村东方的热播剧

感慨黄河长江的今与昔

五千年文明辉煌再续

新的绿色长城感天动地

再有四百天，贫困瘟疫

将埋葬在历史的垃圾桶里

两千岁的丝路张开双臂

连接大海和陆地

友情和互惠牵手

连接人类共同的命运

园子里，却风平浪静

诗句堆成山，浅唱低吟

难闻风雨骤，难见追梦人

百花园很憋屈，问那只笔

是赶流行色更时髦，稳妥

还是追云逐雨有失高雅、随性

潮流是雾里看花，或许

捡回来的是没有灵魂的枯枝

百花园很煽情，睁着一双

委屈的大眼，问那只笔

各位大神，还有一众小兄弟

我本姓百名花，天生就多元

百花争艳本是我的天性

咱总不能眼睁睁看着

园子外欢腾热火，上天入地

园子里冷清散淡，依旧随性

只种流行色，描几朵野鹤闲云

把兴趣当肥料，不问东和西

园里无人发号施令

是因为，都是爱花惜花人

终究会懂得花语的真谛

几枝独秀不是福

万紫千红才是春

大事小事都有爱

国事家事都是情

百花仙子们长袖善舞

请舒展婀娜身姿

打开百花园的大门

登上欢腾追梦的大舞台

争做百花信使追梦人

大画卷上，请种下

你的芬芳和拳拳之心

练习生说诗

诗的练习生

诗的练习生

笔名叫老骥，常望着

多少个本命年的楼梯叹气

爬不爬？岁月的梯坎

爬一格，喘一口气

岁月的笔，一年长一斤

还得扛起一支

七老八十斤重的笔

想把大千世界细细梳理

为历史拂尘，洗脸

为学术坐回冷板凳

赶末班车，学点诗画配

练习生像在走险棋

惊叹时下诗的时尚和高冷

画得出风景

却画不出人生

写得出纤细的感慨、忧伤

写得出读不懂的内敛、诡晦

却写不出风云际会的社会

练习生的青春祭，沐浴在

七十年前开始的十七个春天里

放歌、战鼓、号角和旗帜

是诗的盔甲和不败金身

清新、灿烂，是战鼓的豪情

新中国跑在赛道上

青春和赛道一同长成

诗的阳光把清新和绚丽

浸润十七个春天的一身

春天的诗老迈了吗？

不，诗是春天永驻的长青藤

"晓看红湿处"，每一个

朝朝暮暮，诗永远都年青

新世纪，需要旗帜和战鼓

"泛政治化"，其实是

进军号角上的一绺红缨

不是现代诗歌的传染病

改革开放已敞开胸怀

结出一束束智慧的花蕊

诗的蒲公英，早已

把一束束无法停留的爱

洒播神州大地

冲出国门，沿着丝路飞

让世界的江和海，手牵手

结伴流淌，共叙兄弟情

假如诗歌得了白内障

只看得见自己的皮肤

只听得到自己的呻吟

沸腾的生活，仿佛是

在远方喧闹的暗淡光影

诗歌是不是该进医院

动点小手术，安上一副

人工晶状体的小精灵

看远看近也能看自己

百花园的主题歌

歌名就叫"自由体"

是说，种花人都该有

谁也不能干涉的嗜好和个性

百花本来就多元

你唱你的小曲

我唱我的大戏

是园子里的种花行规

诗言志，是老祖宗留下的花语

任性涂鸦，只图自己尽兴

还想用高冷的大棒

横扫千军，把多元葬身污泥

外行人的练习生

本有一个无助的双重身份：

一面是读者，一面是学弟

讨教是学徒的谦恭

困惑却是读者的痛疾

世界可以多元，仿佛

唯有新诗难以效颦

高冷，是诗的流行色

"高深"，是诗的旷世秘籍

押韵，早已被送上刑场

不押韵，成了状元及第

高冷，诡晦，是腾空的大圣

清新，晓畅，成了下里巴人

高端的电子文档

更高端的权威纸塑版面

多元成了门外的弃婴

练习生敢抒胸中块垒

老而弥坚，不怕剥了皮

今日剥了皮，烟熏火燎

明天还写下里巴人诗

最多被赶出园子

权威们偏不听你呼叫，呐喊

诗的华庭对你也关上大门

冷眼向洋，请你到

被窝里去琢磨长短句

或许园主心中自有一本账

只要园子里祥和，清静

大事化小，小事也大事

花开花落任由它

老骥本无力，两手难缚鸡

爬格子爬楼梯都会气喘

果如斯，练习生只好呆望着

几个本命年的楼梯叹口气

叹气不泄气，拼力爬楼梯

呐喊不歇气，喊啊喊

直到喊醒

还在睡觉的现代诗句

呐　喊

你不是文字游戏
宁可是情感的
歇斯底里
假如需要，呐喊
将是你一生的选题
曾经，小楼是你的宿命
风花雨雪，小桥流水
雾障南山，烟雨迷离
还有，飞车走壁
象牙塔里的魔幻剧
或许忘了
牙签剔除余兴后
你赶趟的船上
还有几万万穷兄弟
喀喇昆仑的天幕下
还有那么多恶虎蛆蝇
末日霸权狂吠
还想驾着地球船

往百慕大疾驶

你打扮成胭脂红

或是蒙蒙雨

却始终无法回避

"人的命运"

这几个最扎眼的字

请别为自己精雕细刻的塔

嫌弃地球船的坦诚和拥挤

你只能用呐喊来诠释

人类应该把船驶向哪里

古今诗话

古人赋诗，让你

能诵，能吟，能知会

令你咽下唾沫

摇头晃脑，甘之如饴

今人写诗，让你

难看，难诵，更不知所云

号称，鞭辟入里，意境幽深

或许自己都不懂

看官都在打猜谜

押点韵，还要被戴上

"对当代诗歌

最大残害"的大帽子

古诗押韵，又赞又誉

新诗押韵，像踩了地雷

行家绕着地雷走

越写越晦涩，越写越诡异

又道是，万花筒里

摘下"朦胧"的墨镜

多少还看得到一点朦胧美

脱去"象征"的毡帽

多少还看得到它微醺的脸皮

当诗歌穿上阴阳怪气

莫测高深的衣衫

当诗歌被掏了心，丢了魂

那不是诗的盛宴

是发了霉的文字游戏

是戴假面的化装舞会

只要你愿意听

诚实的新诗会掏心窝

给你说就理：小沙龙

风花雪月，唉声叹气

那是你的权利

不踩雷，铁笼里飞车走壁

剑走偏锋，险处落笔

秋雨寒烟，云里雾里

那是你的权利

从古至今，诗的百花园

总不能只播种叹息声

只下蒙蒙雨，误了花期

灿烂阳光，蓝天如洗

家事，国事，天下事

都该有诗的栖息地

在下又来踩地雷，眼一闭

炸了锅，无非肝脑涂地

博你一晒后，请弃之敝屣

别让它爬进版面

误了园子里的"大好形势"

知心话且说与方家听

谁不想，哦！做梦也想

雨后阳光，雾散天青

天上掉下一个

适逢盛世，灿烂炫目

百花园的生态绿地

致种花人

你是号角，时代的心音

不只是情感的记录仪

心灵的炫舞

不只是给自己看，园子外

还有万千花的粉丝，沉醉

只想读懂你的心语

懵懂，是坠入五里雾云

求解银河悬疑，无非是

把高天弯成一张弓

射了天狼，再射后羿

战鼓，雷腾，新时代

十四亿双手，正在大画布上

书写前无古人的故事

你撩弄春风，啜饮佳酿

种高冷，播碎片抒情

总不能只戴自制的桂冠

不看新世纪的狂飙

不听园外风雷激

你是号角，时代的心音

请从象牙塔走出来

请把碎片暂时打包

走出来，走出来

走到生活的激流中去

新时代向你铺天盖地走来

你的心智和情思，一定会

在决定人类命运的大潮中

走得脚步稳健，酣畅淋漓

你一定会，一定会

再重塑一个全新的自己

百花将为你颔首

新时代的花蕊，满园芬芳

都会种在你的心里……

象牙塔

（一）

三千年前的耶路撒冷

象牙塔是示巴女王的脖颈

所罗门王为赞美女王的颈项

"象牙塔"开天辟地穿上了

吟风弄月"比兴"的外衣

一个半世纪前的巴黎

批评家要拯救浪漫主义

想把诗歌赶进象牙塔

塔，摇身一变

成了梦魇之牙的小房子

厌恶资产阶级狗血

溜进小屋，关上大门

吟唱自己的梦幻曲

狗血变帝国

帝国又唱霸王戏

象牙塔里的诗，穿衣打扮

又该走向何处去

九十四年前的北平

一个交"华盖运"的人

把象牙塔筑成

存放投枪和作战的碉楼

要跟黑暗斗到底

七十年前的神州大地

鲜花盛开，象牙塔满面尘灰

关上门，躲进历史的阴影

我们走在大路上

走在太阳的光芒里

诗，是心中的歌

唱的是散着花香的光明

斥的是黑暗，罪恶和贪佞

步的是清新，明快和神韵

四十年前的十二月十八日

十亿人开始下一盘

气壮山河的大棋局

沐春风，而今已到不惑年纪

诗的百花园百花盛开

风生水起，派系林立

朦胧，象征，第三代

垃圾派，还有"下半身"

押韵成了过街老鼠，虽未喊打

有识之士犹恐避之不及

不知汉语词典何时再修订

把诗"有节奏有韵律"的解读

改成"无节奏无韵律的长短句"

只要深奥，内敛加高冷

写是我的权，读是你的事

懂不懂跟我没关系，于是

权欲井喷，象牙塔如雨后春笋

破土突围，百花园里

长出多少高冷的长短句

诗仙诗圣诗鬼看了

也会惊讶得汗流浃背

高处不胜寒，古人说话有道理

象牙塔内拥一床羽绒被

自然冷不到哪里去

可叹的是，高冷爬上版面

受冻的是读者，而不是你

（二）

百花园很大气，有一颗包容的心

象牙塔也该有自己的朋友圈

自己的群，自由自在

拼高冷，嚼哲理，道深邃

你可以不写国产航母几时出港

不写北斗发射了几颗卫星

不写东风41导弹可以打多远

不写贪腐的恶虎苍蝇多可恨

不写扶贫已让多少人走出困境

不写长江黄河的前世今生

只想问：园子里该不该也留下

这些"低热"世事的蹒跚脚印

其实"低热"和高冷可以同在

押韵和不押韵可以共存

敢问诗编大咖百思不解事

"低热"和高冷同享一片蓝天

待遇为何如此不公平

今人对有韵古诗百般赞许

对新诗步韵却视若仇敌

"低热"世事誉满神州、地球村

诗老们为何熟视无睹，充耳不闻

园子里还长出那么多懂不起

高冷而又诡晦的句子

说当代诗歌得了白内障

论者或许要被剥了皮

包容、共享是文明的生态机理

高冷的象牙塔和他的群

是诗的自由落体

凡人读不懂，就别去捣牛筋

象牙塔的知己，还有一大群

也许，高冷自有其高雅的温馨

高雅的计算方程太复杂

"下里巴人"还是喜欢听一听

明白晓畅的长短句，朝圣人

闲暇时走进诗的殿堂

孔圣的"兴观群怨"四字箴言

文之魄，诗之魂，恰似

高冷的灵塔适配殿堂上

朝觐的芸芸众生，好景气

嚼舌人只想对诗编说肺腑

"文以载道"，"诗言志"

是古人留下的千年不朽警句

百花园中总不能尽垒高塔

冷落气势恢宏的国脉殿宇

新时代，十四亿人共奋进

正跨入四十年改革的壮年期

诗的朝觐人多想，多么想

听到诗的呐喊，诗的奋进

朝觐人多想，多么想

象牙塔也打开门窗，展开双臂

聆听海涛，拥抱勃勃生机

哦，象牙塔，我心中的塔

你是伐木人休憩的小木屋

或是，大潮中的一只

永不言弃的搏浪舟楫

档　案

有一种档案很独特

不用符号谱写音律

不用图像记录历史

只用太阳的汗珠

铺成一幅

小桥流水，风暴雨淫

你的叹息，会顺着

心灵、呼吸和荧屏

悄悄逃逸

情感的写意或点彩

在展览馆被围观

在档案的文件夹里

被冷冻贮存

愤懑、感叹或娓娓动听

垒成一沓纸

化成一方电子图腾

历史会打开你的心扉

审判你的情愫

剥下你的脸皮

井　喷

我期待心中的火苗

来一次井喷

喷出欲望的字符

让花的原野

再滋生一点诡异

门派是一种复合色

各有各的画技

百花园里

奇花异草疯长

庐山真面

藏在各自的小算盘里

算盘的表情很神秘

要想读懂我，除非

下辈子再读博士

其实自己都不懂

何需别人绞尽脑汁

波诡云谲

本是诗的梦魇地

叩问天公

是现实最浪漫

还是浪漫最现实

诡异的呼声

是朝拜者的心语

听到你的呼吸

更想触摸到

你情感悠悠的流水

顺着你的笔头

汩汩流出……

原　野

诗的原野，鸿蒙初开

狩猎的人生，呐喊，呼啸

围着火焰的欢歌，劲舞

那是声音的壮美旋律

一组没有笔画的诗

文明跣脚赤臂，迈着

沉重的步履从旷野中走来

把心酸和欢娱，一笔一画

刻进自己心里

诗，是文明的宣泄

诗，是心灵的花语

诗的原野，无边无际

哪里有生活，花就开到哪里

诗无止境，那是因为

情感永远奔流不息

草树云山，花鸟虫鱼

是人类的朋友

也是大地的子民

诗的原野，是一幅

壮美多彩而诱人的风情画

既有鸟语花香，浅唱低吟

也有家国情怀，命运攸归

文明的宣泄，不能只是

感伤落叶洒下的每一滴眼泪

文明是原野的胸廓上

永远的蓝天、和风和甘霖

是生命的失落，拼搏和奋进

诗的原野，有自己的花语

每一粒花蕊都在关注

花的前世今生

人的共同命运……

多元兄

多元，不是美丽的神话

它是点缀在文明身上

一首永远值得传唱的诗

多元的文明，让人类

驾着地球船在银河潇洒航行

多元的诗，是把花语加巧语

引种在自己的灵魂里

巧语如簧，花言翻新

百花仙子舞，各穿各的衣

叙事，抒情，也讽喻

有韵，无韵，还可"乱"弹琴

蜂蝶纷飞舞，眼花缭乱

方显出国色天香花的魅力

各路花仙，长袖善舞

演绎人世间的悲喜剧

少一个角色，八仙过海

难演一出蹈海戏

几枝独放，高处不胜寒

春寒料峭，更难将息

高天若能开慧眼

让多元的芬芳挂满枝

春风化雨时，百花竞艳

诗苑不再只唱几家亲

请让几经磨难的多元兄

整饰衣冠，穿上黑色礼服

重拾指挥棒，走上台

走上乐队的指挥席

园夫曲

园夫是诗的种花人

小学的园丁，是翻开书页

让生活悄悄流进幼小的心灵

诗的园夫，是给生活戴上桂冠

烙上自己的心印，献给朝觐人

园夫种花护花，高抬贵手

各显各的门派和手艺

园子里花随潮流开，但只见

一两朵颜色，三几株变异

园夫的心智，五花八门

看不懂，因为你是"俗物"

高寒的丛林本来就雾霭

"修行人"都有一个小圈子

沙龙的温泉很惬意

哪管窗外风和雨

小感慨，拎着花洒遍纸喷

跟着感觉走，逍遥游戏

园夫也是无冕之王

一颗心，给你无边的遐想

一支笔，给你无穷的权力

朝觐人心中的诗客

头戴五色宝冠，披一身

"哀民生多艰"的霞帔

握一柄风花雪月的团扇

穿一身气吞山河的靴袴

既是歌者，又是战旗

是生活的本色装备

太多的吟风弄月，碎片感慨

别忘了屈子为民困而掩涕

太多的高冷句酷令人不寒而栗

别忘了内贪腐，外霸凌

还在腐蚀、啃噬我们的机体

请把你的歌献给扶贫者

请把你的祝福献给脱贫兄弟

请举起你的投枪，狠狠地

刺向还没有锄尽的吸血鬼

刺向还在嚣张的霸道豺虺

请扼住变色龙的藤壶眼

提防它的"长臂管辖"

变成更贪心的"长舌捕食"

园夫，是园丁，也是战士

诗的白内障

人得了白内障，是你那只眼

想看却看不清世界

诗的眼睛，假如得了白内障

那是你不想看世界，而不是

世界不想垂顾你，因为

诗的眼睛生了雾翳

除了看自己的鼻头

就是抱着小感慨唉声叹气

医生查病历，很吃惊

原来潮流是一种流行病

白内障的文字游戏

既好写，又不费力

"土味抒情"，彼此彼此

真实的世界，离他

何止是一去二三里

离开鲜活的现实，怎能不矫情

风花雨雪，怎能天天陪着你

无病呻吟，总不能当饭吃

诗的白内障要矫治
最好的大夫是诚实和真实
真实的世界，诚实的人生
走近它，眼的云翳自然消退
抚摸它，令你热血沸腾
新世纪生机勃勃的页面上
满目青山，处处都是诗

赏花人

诗的百花园，园门乍开
来自四方八面花的拥趸
铆足劲，想寻找知己
"众里寻他千百度"，那花
闻香、娱性后却眼迷离
太多的"勿忘我"
在树荫下浅唱低吟
难见国色天香，寒梅傲春
难见芙蓉朝晖，竹节竹语
赏花人各有各的爱好和脾气
百花园是百花的栖息地

每种花都有自己的知己

太多的勿忘我，自恋

太多的深谷幽兰，冷峻

拒人千里，难睹真心

别让流行色泛滥成灾

别让流行色恋上流行诗

诗的脊梁骨要能屈也能伸

蹲下去，抚慰小草闲花

可以娓娓论道，碎片抒情

站起来，顶天立地

可以叱咤风云，捍卫正义

赏花人还可以看到

站起来的诗，挺直腰板抒豪情

把责任和担当融入

诗的血液

诗的每一根神经

诗，是人类文明的扬声器

诗以言志，瑰玮蹈厉

东方诗国之重器

是绵延几千年诗的祖训

练习生揩去心中冷汗

借来豹子胆，悄悄

走进诗坛的边角，颤巍巍

抡起电子笔，以诗说诗

诗是人的情志张扬

诗如人，人即诗

左臂书教化，右臂司抒情

谁最重要，孰是孰非

答案是：诗的眼睛

诗走路的气概和臂力

人类文明，是踩着

《诗经》和《伊利亚特》的节拍

从字里行间的路走过来

走近缘情、言志的现代诗

诗，是人类文明的扬声器

它为现代文明呐喊，助兴

有一双灵慧的大眼

有一对和谐摆动的双臂

处处都留下长袖善舞的倩影

诗，穿戴多元色彩的衣裳

展示包容、大度的个性

小感慨，"土"抒情，咏高冷

也可以指点江山，还可以

唱一曲诗的社会责任

只摆动小感慨咏高冷的手

剁掉另一只臂膀，会让诗残废

现代文明的扬声器怎样发声

感物、咏志是诗的双脚和双臂

诗以言志，志成高远

美轮美奂的舞者，决不做

只播萎靡之音的扬声器

决不做现代文明的残废人

神圣家园

2020地球号

地球，是航行在太空中

一只孤独而又彷徨的船

此刻，它正在受难

2020地球号船上

从未现身的恶魔

头戴"新冠"，乔装打扮

潜入人类的肺腑

魔鬼中的魔鬼

狡猾又多变

一场没有硝烟的鏖战

爆发荆楚大地

江城遍地起狼烟

英雄城中华儿女

封关擒凶，浴血大武汉

家是堡垒，人自为战

社区制高点，枕戈待旦

火神山，雷神山

迷彩天使紧握手中"枪"

令魔鬼有来无还

群魔乱舞神州

号角声声，征途漫漫

人人握拳战"疫"

誓把新冠扔进死牢监

神州大地终于迎来

2020年，迟到的春天

魔鬼中的魔鬼，向人类

挑起新一轮世界大战

2020地球号在燃烧

遍地烽烟，哀鸿一片

仿佛新冠"哀的美敦书"

已经挂上地球船的桅杆

是投降，还是迎风搏浪

每个人都该有自己的答案

2020地球号风雨飘摇

正在经历生死大考验

叩问星辰大海

太阳在哪里

希望在哪里

前面是令人窒息的黑暗

地球号该驶向哪边

中国人的心中

早已承载着先祖的遗训

"先天下之忧而忧"

同乘一条船

邻居有难怎能不管

我们举起雷神火炬

照亮希望

我们用夸父的意志

追赶太阳

只想把温暖和友情

送给马德里、罗马

送给大邱、爱知、德黑兰

……

地球人和病毒的拉锯战

不知要打到哪一天

我们携手共进退

全球拉起防控网

魔鬼再狡猾也无缝可钻

一方有难，八方支援

邻里守望相助，风月同天

拯救2020地球号

是在拯救我们自己

是每一个地球人的心愿

地球，是航行在太空中

一只孤独而又彷徨的船

我们共同的命运在星辰大海

请守护好2020地球号

我们共同的神圣家园

庚子清明祭

警报声声，清明祭

2020年的春天

带着哀伤和庄重走来

国旗缓缓下沉

我们低下哀婉的头

我们把沉痛和哀思

献给逆行者

献给远行人

逆行者

我不知道你是谁

但我却知道你是为了谁

我不知道你是谁

但我们曾经战斗在一起

你给康复的人们带来春天

却把自己永远留在了冬季

你视使命如生命

用热血书写忠魂

你用担当去守护

你用行动去诠释

逆行者用生命守护生命

给人间带来希望和光明

你舍小我为大我

用大爱护佑苍生

远行人

我们挚爱的父老乡亲

人民至上，生命至上

国旗为普通民众下降

举国为生命早逝同悲

警报声声，清明祭

14亿人垂首，庄严肃立

把我们含泪的无限哀思

送给捍卫生命的逆行者

送给已远行的父老乡亲

中国的庚子清明祭

也是给世界的祈祷

14亿人垂首，庄严肃立

祈愿所有的国走出大疫

祈福所有的人得到安康

把我们含泪的无限哀思

送给所有捍卫生命的逆行者

送给所有地球村的睦爱友邻

★祭诗引用了部分新华社、报章的用语，特此致意！

悬崖村不悬了

十七段藤梯，凉山人

爬了一百多年

阿土列尔村，在天上

跟孤独和贫穷做伴

悬崖村，心悬，生计也悬

"天上人间"，曾经

一家人只有一条裤子穿

咬紧牙，度日如年

天上宫阙最"广寒"

穷人眼里，玉兔或可充饥

富人眼里，唯有美女盛宴

贫富执怨几千年

打富济贫，曾经是

千年不废的江湖浪漫

脱贫奔富，先小康

现在下的是一盘

举国一致的大棋局

千军万马进村寨，入林盘

"遍地英雄下夕烟"

难忘十二年前"5·12"

万千同胞汶川饮恨长眠

今日"5·12"，赈灾日

悬崖村醒来，兴高采烈

爬下才修好两年多的

藤梯变钢梯吉尼斯

告别2556级台阶，要住进

灰瓦黄墙的彝家新苑

昔日高山土坯房

今日平坝新楼盘

天上人间悬崖村

一组嗷嗷待哺的数字

3921家贫困户，搭载

18547个贫困人

要搬进100多栋新楼盘

悬崖村，最艰险的一段路

终于从天上修到人间

不是空想，不是神话

是可以用手触摸的

灰瓦黄墙，新家具

是可以用心触摸的

4G网，电视，热水器

贫困只需拎一包衣被

就能跨进自己的新"天居"

远方打工人归心似箭

敢搭飞机回来，为的是

早早窝进魂牵梦绕新屋

天上悬崖村，地上新家园

扶贫热浪滚

彝家人的心最温暖

金窝跟银窝

致富大门睁开眼

民宿、峡谷、温泉浴……

财富，悄悄溜进

悬崖村的账单

悬崖村，在我心中

有几句不吐不快的块垒

想跟历史掰手腕

我的国，上下几千年

哪一朝，哪一代

何方明君、先贤、圣祖

把贩夫小民的生计、生死

当成自己的国事、大事

"先天下之忧而忧"

只是面对空阔洞庭湖水

先贤文人的一声浩叹

《通鉴》沉默，失语

《太史公书》寡言

历史演出的赈灾故事

比今日国之滔滔大手笔

差距，何止十万八千

赈灾又重建，无灾要扶贫

五千年页面翻遍

唯有当今，只在当今

翻江倒海的脱贫剧连轴演

历史不会眨眼，盯着你

不是看你怎么说

是看你怎么做

不是看你怎么做

是看你做得百姓满意不满意

历史不会眨眼，盯着你

批评和指责响耳畔

不是看你沉不沉得住气

是看你的包容和自省

不是看你包容和自省

是看你消解批评和指责的结果

百姓满意不满意

天上悬崖村，地上致富路

大棋局经天又纬地

诗歌再无语，实在不公平

天知，地知，你可知

悬崖村五年脱贫路

有多悲壮，有多泥泞

一组令人悲痛的数字

151名干部扶贫负伤

23名干部殉职远去

扶贫干部有多拼

脱贫攻坚有多难

彝家人看在眼里记在心里

一掬热泪祭英魂

悬崖村，不悬了

凉山人的心永远悬挂

烈士的英灵不朽

凉山人的心永远悬挂

扶贫人为百姓的

一腔热血，耿耿丹心

我们不会忘记

先天下之忧而忧

是先贤用心血之笔

镌刻在国人骨头上的诗

千年传唱，从未忘记

我们不会忘记

百年的凌辱，血和泪

浸透我们的历史

我们不会忘记

当我们揩干眼泪

掩埋好同伴的尸首

走过雪山草地

百年的抗争，血和泪

重写我们的历史

我们，昂首在东方挺立

我们不会忘记

疫敌和人类的世界大战

全球战云，狼烟四起

我们战胜敌顽，怎能忘

还在苦战的友邻，兄弟

我们的援军走向五湖四海

共同战"疫"不辱神圣使命

我们不会忘记

先天下之忧而忧

一方有难，八方来助力

我们不会忘记

先天下之忧而忧

是我们永恒的人生轨迹

新的世界大战

我们正在进行一场

亘古未有新的世界大战

不是列强瓜分世界

不是反法西斯侵略

不是人与人

正义与邪恶的世纪较量

是人和自然的叛逆

是人和生存的宿敌

是开天辟地第一次

人类生死存亡的世界大战

新的世界大战

有新的战争观

请为正义穿上战袍

人人手牵手，肩并肩

共赴人类危难生死关

人人动脑，又动手

共商战"疫"大计不停留

请为自由涂上流行色

保持距离自由行

口无遮拦不自由

请为繁荣弃前嫌多流汗

人民至上，生命至上

是地球人的共同心愿

新的世界大战终战日

是地球人迈步新起点

忘记过去意味着背叛

人与人的较量

正义可以战胜邪恶

人与自然的较量

团结可以战胜新冠

新的世界大战终战日

是人与自然谈判的新起点

和谐相处，如鱼水情深

反目成仇，则疫情泛滥

没有规则，不成方圆

践踏规则，玷污蓝天

新的世界大战

在前面等候你

人类要服的后悔药

比疫苗还难以竞研

命运的召唤

人类共同的敌人

黑色幽灵，已经窜到

地球的每一条街

每一座城

新冠，一双狡猾凶残的手

扼住人类的咽喉

想把我们窒息

地球船在风雨飘摇中

喘着气，艰辛航行

快被窒息的人

绝望而期盼的目光

投向命运的天使

更多还没有被窒息的人

举起双臂，挥舞拳头

向命运厉声发问

为什么几千年的文明

从没有像今天

瘟疫，像全球海啸

仿佛要吞没每一个国

每一个村，每一个人

人类的命运在哪里？

命运之神在哪里？

我们屈服吗？

我们哀求吗？

我们听凭灾难宰割吗？

不，决不！永远不

命运之神是我们自己

"神"在召唤我们

我们自己在召唤自己

我们是地球的主人

主人在召唤我们

命运对我们大声说

中国能战胜病魔

任何国家也能战胜病魔

只要在灾难面前

自己不给自己下跪

只要在灾难面前

响应命运的召唤

人与人挽起手

国与国挽起手

正义与和平挽起手

病毒没有国界

病毒没有边界

病毒要所有人的命

但病毒不知道

我们，所有人

是顶天立地驾驭地球船的

我们全体，全人类

全人类共同拥有一颗

一定要战胜病魔

不屈不挠钢铁一样的心

病毒是我们永远的

灾难记忆

向病毒宣战的冲锋号

有全人类的声音

向病毒宣战的旗帜上

有全人类的脚印

我们共同的命运在此一战

我们共同的希望在此一战

地球船在风雨飘摇中

一定会冲出迷雾

再现辉煌，扬帆远行

我们肩并肩，手挽手

共同把握地球的航向

共同的命运召唤我们

76亿双手，动起来

捉住这只阴险的恶魔

用76亿人心中的怒火

把它烧成齑粉

2020年的春天

2020年的春天

满脸愁容，早已失去

往日的明丽鲜妍

她在窗外孤独地开放

只有风声，雨声

偶尔来和她做伴

春风攀住新绿的柳条

没精打采，好心乱

我们宅在家的堡垒

卸下愁容，早已变脸

我们是守垒的战士

正全力以赴，斗新冠

2020年的春天

从未经历的寂寞

但她知道，踏春人

正在前方奋战

待凯歌高奏举国同庆时

春已阑珊

且邀东风助兴

迟暮再梳妆，巧打扮

云开雾隐露笑脸

我们走出庭院

奔绿道，去拥抱春天

拥抱她

曾经的痴情等待

拥抱她

迟来的柔情绵绵

我们迟到了

啊，春天，我们迟到了

我们刚刚脱去战袍

走出方舱，是谁

仿佛吹响了集合号

在催促我们整顿行装

别盯着我看，我们脸上

口罩的勒痕还没有褪去

当我们送走最后一个病友

那感激的眼神

那含泪的微笑

让我们久久难忘

啊，春天，我们迟到了

每一年，你刚来

我们都会早早投入你怀抱

攀住你的青枝

折一绺春花戴头上

今年军号响，疫情急

我们已早早出发

方舱是我们的新战场

几十个日夜坚守

我们把新冠送进坟场

啊，行装已在肩

战斗日夜永难忘

赶上春天的末班车

我们就要回故乡

啊，春天，我们迟到了

我们盼望和春天握手言笑

打开春天花园的门

我们宅在家里，关上门
春天宅在花园里
也关上门，那是因为
花园没有我们的脚印
古镇失去"古"味
旅游失去"游"味
书店冷了，酒店空了
新冠一把火
烧了我们的花园
全民抗战斗疫疠
野火烧不尽的文明
春风又吹生新芽
打开春天花园的门
请把春风借给桃李
轻拂一阵，再送一程
让久违的春天花园
花盛开，香四溢
我们，走出家门迈大步
我们，要去春天踏青

生命之舱

诺亚方舟，传说中的
承载生命之重
拯救生命，守护文明
是人和"神"的心愿
传说演绎出的神话
让生命在期待中沉没
生命盼望登上诺亚方舟
是想灵魂得到安眠
21世纪的金身
被预言家梳妆打扮
地震、海啸、蝗虫
还有狡猾诡谲的新冠
要把人类的命运
玩弄于股掌间
新世纪刚翻开新页面
新冠的胞兄非典
在神州南北
点燃疯狂作乱的烽烟

开天辟地不曾见

现代版的诺亚方舟

出现在小汤山

气势汹汹的难兄

在我们首创的方舱医院

束手就擒，成了丧家犬

如今新冠像洪水猛兽

泛滥荆楚大地

妄想吞没大武汉

一声号令下

华夏齐动员，要造"船"

五千年奇迹现江城

平均一天建一座

十一座"诺亚方舟"

屹立在母亲河身边

从此，一对难兄弟

害人终害己，魂已断

啊，我们的生命之舟

我们的生命之舱

我们的方舱医院

锁在屋里的春天

我们宅在家里

我们把春天锁在屋里

我们和春天一起

共进早餐，餐桌上

摆满志愿者送来的

关心和热汗

妈妈进舱了

爷爷进舱了

邻家大伯进舱了

爸爸紧握着测温枪

守候在方舱医院

太阳每天带着愁容

缓缓从窗前走过

也不向春天嘘寒问暖

我们和春天窝在一起

互相取暖，盼望着

亲人早早回还

春天拨开层层绿叶

把希望送给我们

春天撩开窗外的迷雾

送给我们白云，蓝天

我们宅在家里

我们把春天锁在屋里

我们和春天一起

把盼望和欢笑挂在门前

把妈妈借给武汉

"把妈妈借给武汉"

请把孩子题款的这幅画

送给未来，送给

未来的抗疫纪念馆

甜水中的童年

已经懂得

叔叔阿姨在遭难

妈妈要去远方上班

穿一身白色战袍

要去跟狡猾的魔鬼周旋

告别蜜一样的亲情

孩子最伤心

或许是万般无奈

画一张"借"条

交给武汉

也许他想说

武汉，保护好妈妈

"借"了，一定要还

长河英雄城

历史的长河，把大武汉

推上新世纪的风口浪尖

母亲河哺育的你

正在披挂彩虹腾飞的你

此刻，又一次经历

比17年前还要猛烈的阵痛

江城蒙难，汉水呜咽

只在电镜下现身的凶手

带着无数章鱼似的吸盘

背着无数微型的"水雷"

千军万马，正隐形潜入

大武汉的胸膛

英雄城黑云汹涌

荆楚大地，又一场

与狡猾幽灵杀手的搏斗

让1400万颗心

紧紧凝聚，沙场请战

英雄城遍地英雄

要挽狂澜，斗新冠

往事越千年

曾记否，蛇山夏口

武圣曾横刀立马

忠肝义胆

挥师乌林赤壁之战

北溃千里曹阿瞒

底定三国，佳话古今传

怒发冲冠岳武穆

岳家军驻屯鄂州城垣

一曲《满江红》，慷慨悲歌

"待从头收拾旧山河"

为还我河山，北伐中原

救民水火丹心永流芳

英雄垂泪洒青史

精忠报国志，代代传

辛亥首义楚望台

悲壮共和，路也漫漫

举义领袖遭诛杀

革命士兵民众再联手

黉夜枪声起

两千年封建帝制镣铐

一夜彻底砸烂

共和英雄满人间

中国工人第一次登上

历史大舞台，时针拨回

九十三年前的洪山和江岸

军阀血淋淋的屠刀，对准

人民的好儿子施洋、林祥谦

二七大罢工风潮起

无数觉醒的无产者

揩干眼泪站起来

站在扭转乾坤的最前线

从此，长河英雄千千万

风雷激，抗日战犹酣

又无数英烈

捐躯武汉保卫战

富池口，码头镇，万家岭

入侵者尸横遍野

四个半月殊死战斗

四十万英雄儿女血沃中华

用生命捍卫神圣家园

千年血与火，把你

锻锤成钢筋铁骨汉

难忘1998，天将倾

百年不遇洪峰卷江城

军民手挽手，要挽狂澜

百万英雄儿女战浊浪

"人在堤在!"声声震山河

生死牌永远挂心间

历史的长河，把大武汉

推上新世纪的风口浪尖

英雄谱，往事越千年

正在披挂彩虹腾飞的你

缠斗狡猾的新冠狂魔

你一定会横刀立马

"过五关"，斩凶顽

你一定会再抒一曲《满江红》

怒发冲冠，要夺回

被瘟疫侵蚀的热土

把它重新还给大武汉

你一定会像共和英雄那样

全民齐动手，砸烂

将置我于死地的镣铐

你一定会像无数

觉醒的无产者那样

"为有牺牲多壮志"

让武汉，湖北，全中国

刈除瘟疫，阳光灿烂

你一定会像抗洪英雄那样

军民同心，筑起抗疫"大堤"

"人在堤在"，依旧是

气吞山河的誓言

历史长河中的英雄城

正在披挂彩虹腾飞

此刻，你正在经受的磨难

也是国人心中的痛念

一方有难，八方支援

白衣天使自天降

子弟兵飞天来武汉

各路英雄聚江城

万众一心斗新冠

众志成城拧成一股绳

打赢大会战

啊，长河英雄城今胜昔

古今英雄代代传

天使的眼泪

国人心中的天使

只有医生和护士

白衣天使，迷彩服天使

都是鏖战病魔的战士

战士会流泪吗？不

敌人面前，他们只有仇恨

心里只有一个信念

不歼灭顽敌，决不收兵

天使的眼泪

是流给亲友的

告别亲人，去武汉出征

饱含热泪，难舍亲情

眼泪藏在瞳子里，不轻弹

因为分别终会有归期

天使的眼泪

是流给病友的

患者是我们的朋友

是我们的乡亲

我们朝夕相处

乡情，友情，一家亲

你们伤痊愈要深情告别

我们把欣慰藏心里

送你一程，再送一程

病友告别人寰，去远行

我们肃立送别

为回天乏术而两眼湿润

只有把一路走好的歌

含泪献给你

母亲河流过的地方

我们宅在家里，两眼

紧盯着黄鹤楼

母亲河流过的地方

此刻，有多少中华儿女

倒下去，倒在母亲膝下

倒在英雄城市的心上

假如，我们早一些截获

"敌军"就要犯境的情报

假如，我们已发现

敌人的集束炸弹"飞沫"

就该吹响，吹响

全民抗战的冲锋号

那些倒下去的乡亲

还会和我们手挽手

走上御敌的战场

此刻，亿万中华儿女

聚集在共和国的演兵场

十四亿双铁拳挽狂澜

斗新冠世纪大战

只在今朝

我们宅在家里，两眼

紧盯着黄鹤楼

母亲河流过的地方

此刻，有多少中华儿女

告别父老乡亲

告别还在襁褓中的希望

留下誓言，整顿行装，

坚守在英雄城的大街小巷

还有，最可爱的人

神兵天降

降落在母亲河的身旁

雷神山，火神山

铸成新肺炎的焚场

哦，九省通衢

还在坚守的乡亲父老

我捧一掬热泪

为你们祈祷

每一个家都是阵地

每一个人都是战士

信心和坚守

是战胜病魔的投枪

请等待，等待你的亲人

回到你的身旁

请等待，等待你的邻居

回来再和你握手言笑

亲人走了，别过度悲伤

请把你的眼泪揩干

共和国的春天即将来临

春天和你一同成长

他在九泉也会含笑

我们宅在家里，两眼

紧盯着黄鹤楼

母亲河流过的地方

五千年泱泱大国

全民紧握铁拳，正在赶考

此刻，四亿多个家

就是四亿多个战场

十四亿人

就是十四亿个战将

外敌和内乱

未曾征服过的民族

如今要和瘟魔殊死搏斗

只争朝夕，救死扶伤

特殊的世纪大战

让世界揪心，全球瞩望

每一个战场，每一个战士

都该有自己的誓言

誓言写在我们脸上

坚守，信心，永不放弃

直到瘟魔消灭光

九省通衢的英雄城

共和国母亲在注视你

逝去的英灵在注视你

全世界在注视你

母亲河流过的地方

"晴川历历汉阳树"

白云千载黄鹤楼

春回大地

你一定能，一定能

浴火重生，再现辉煌

山花烂漫踏青日

请把哀婉的五色纸

轻轻，轻轻地挂在

远行人的坟茔上

重组的世界

诗人的眼里　有一个

被忧盼和祝祷煎熬的

悲壮世界　世界

正在驱疫中艰难迈步

魔鬼的眼里，有一个
凶残入侵人类图谋的
新冠世界　世界
正在危难中呻吟痛苦

猎人的眼里，有一个
人民至上生命至上的
守护世界　世界
正在被猎魔的人征服

狂人的眼里，有一个
官位至上谎言至上的
"战疫"世界　世界
正在骇人凋亡中啼哭

诗人的眼里　有无数
狩猎人在和魔鬼战斗
全球抗疫　世界
正在 携手大跨步重组

重组的世界　有无数
地球人把公平和正义
输入血脉　世界
将在大病后重新复苏

重组的世界　有无数
善良人把文明和民主
重新雕塑　世界
将在友善中牵手共舞

重组的世界　有无数
追梦人把事业和爱情
砌成美图　世界
在大家庭中共担荣辱

后记：别样的春天，别样的韵调诗

我非诗者，更非诗人，只不过是从生活的诗中走来，因爱好而捣鼓着诗。我的第一首诗，写于高三那年的春天，暖阳中忽闻一声闷雷，来了兴致，七拼八凑写了一首即兴诗：

春 雷

春雷声声

击碎了四野甜蜜的梦

大地向盛春的唇边

抬了头，抬了头

在雷声滚沸的宇宙……

当年考上中国人民大学后，这首小诗于次年"发表"在被批判的大字报上。以后因为忙于学业和劳动，很少写诗了。但喜欢看别人写诗，看古人怎么写诗，看今人怎么写诗。毕业后分到大学工作，经过历史系、图书馆和主持科研机构的数十年悠悠岁月，偶尔冲动了，写一首；偶尔看不惯了，写一首。写完也就弃之如敝屣，不问西东了。

世事沧桑，人的情感也可谓沧桑，但对春天的眷恋，对人间四月天的热爱，我则始终如一，可谓不离不弃也，书页中多有贻爱表述。可是今年的春天大不一样了，这是中华大地几千年从未有过的春天，是全世界几千年从未有过的春天！春天把本该有的欢愉和妩媚深埋心里，时而为病榻上的乡亲疗伤，时而为远行人送葬，时而为战"疫"东奔西突，时而为宅在家里的人安抚祝祷。她偷偷地催芽，开花，成长。她是医者，也是战士。2020年别样的春天，在我心里，"只留清气满乾坤"。

我好读现代诗，其韵律和节奏美，让人难以忘怀。回首二十世纪五六十年代的一些现代诗，那种节律感至今敲击着我的心扉。权威词典对诗的解释一直是："通过有节奏、韵律的语言集中地反映生活、抒发情感。"可是，从上世纪七八十年代"伤痕文学"产生以来，随着西方的象征、唯美、后现代等诸多诗派的潜入，国内难以计数的诗群、诗派应运而生。在诗者和读者的感官里，似乎呈现了一种跨世纪的诗歌大繁荣的景象。

但令人惊讶和困惑的是，大量诗作读之如坠五里云雾，实难下咽！高冷、诡晦和指数级的"内敛"，常常把广大读者拒之门外。一种高耸云端、象牙塔式的屏障，把大众化、平民化的诗歌拒之门外了。于是，有韵律的现代诗"是对当代诗歌的巨大残害"的高论，也从象牙塔飘出来了。先锋派某诗人认为我国的诗歌"已沦落为大众情感的抚慰剂"，更提出"真正的先锋派是一个永远的反对派"……我只是一个诗的练习生，老夫聊发少年狂，不揣冒昧，且抒胸中块垒，写了若干首"练习生说诗"发点感慨，大要如下：

就新诗的形式和体裁而言，我国现代新诗自上世纪八十年代以来，有些背离了古典诗歌优美的节奏韵律传统。尤其是，新诗押韵仿佛成了一件稀罕事。《现代汉语词典》似乎应该把"诗"解释为"不押韵的长短句"才好，但编辑们初衷不改，也许还是想坚持诗歌韵律的这一突出亮点。"存在即合理"，那么折中一下吧，可否解注为"通过有或无节奏、韵律的语言集中地反映生活、抒发情感"？这不就把大量没有韵律的长短句诗囊括进去了吗？发端于上世纪三十年代的韵脚诗，毋宁说是对新诗现代格律体的一种僭越。从胡适在1920年出版的白话诗《尝试集》算起，摒弃旧诗词格律的新诗一路走来，其实仅十年左右，一种重拾格律的"韵脚诗"就诞生了。这至少说明，仅仅十年之"痒"，人们对诗之韵仍然念念不忘。只不过"韵脚"一路走来，历经三十余年并未兴旺发达。究其原因，大约是因为它所谓"浅、露、直、白"的形骸，不受绝大多数深邃、朦胧、内敛、高雅的诗家们青睐。也许在他们心中那只是下里巴人似的肤浅，未入骨髓的涂鸦；另一个原因，也许是由于只关注韵脚押韵，而忽视语词之间的平仄关联，今诗似乎难以达到古诗的美轮美奂。加之在一种"素颜韵脚体"格式中，恒定的每一行结尾都必须押韵，这就导致在表达内容的深度方面必然受限。因此，臧克家先生倡导的韵脚诗，跛行数十年，依旧不见兴旺。格律体新诗的名称，拙意以为应改"韵脚诗"为"韵调诗"，出于关爱新诗的自由度，韵调诗应该解读为"无规则押韵的格律新诗体"。不规定全押、素押或双押，当然作者想怎么"押"是自由的。韵调诗只要求尊重和运用中国古典诗词的韵律节律美，并尽力拓展内容的深度。简约地说，韵调诗"要求大体押韵，一切以掘深内容为依归"。押韵方式可以有全诗押韵、部分押韵、间隔押韵、跳跃押韵、变动押韵等，至于怎样采韵，则要服从内容需要。有韵的"调式"的冠名，应该比只关注韵脚的冠名更"正名"一些，更诗化一些。最后一点，韵调诗有着易被大众喜爱和接受的优势：朗朗上口、易诵、易记、易传播。此正所谓诗歌，诗歌，歌一样流畅的诗。我呼吁：请让一部分现代诗回归本源吧！

　　在一次研讨地域文化的会议上，邂逅了一位国内知名诗人。

会间，谈及当前国内诗歌的现状时，对多年来大量涌现的深玄、晦涩的诗作，他和我大有同感，摇头说："搞不懂！"相信广大诗歌爱好者也有同感。我始终认为，诗的百花园应该是包容的、大度的。高人视芸芸众生的句读为不值一晒的"俗作"，或许自有其高屋建瓴的道理和自娱意趣。他们彼此宣泄、唱和也是情理中事。凡人读不懂，与他何干？至于他们自己懂不懂，彼此懂不懂，这与凡人又有何干？

就内容往深里说，"为什么体制内的诗歌创作不能创造伟大的作品"本身就是一个伪命题。如"以子之矛，攻子之盾"，诗意的解读是：无论你再怎么高深高冷也写不出伟大的作品来，因为你对生活有古老的敌意啊！当然只想高冷不想伟大或不便伟大者，又当别论；人家高雅爱好罢咧，不需要批准。我这里说的被曲意矮化了的所谓"浅、露、直、白"，实际上是平民化、大众化韵调诗歌一种完全可行的现实走向。它秉持热爱生活、关注现实、好恶不惩、人格自洽的理念，让数量极其庞大的诗歌欣赏者、写作者能走进诗的百花园，纵横诗趣，咏歌心曲。他们的的确确"懂不起"那些高冷晦涩的险句，然而他们是热爱生活、融入现实的诗者和诗的读者，百花园万万不能忽略或忽视这一诗潮大军的存在！众多高彻、雅奥的诗派诗群能在园子里有跨世纪的几十年生存空间，毫无疑问，诗潮大军更应该保有生存和阅读空间。前者大作有名刊鸣锣开道，后者"小作"只能在双微（微博、微信）中吆喝、呻吟。名刊偶尔天眼开，土鸡升凤凰，也是罕有的事。缘此，我在一次中外诗歌邀请赛颁奖会上的发言中，提到晚唐诗人于濆的一首《寒食》诗："二月野中芳，凡花亦能香。"同时，提出成立"凡花诗社"和筹办《凡花》诗刊的构想，获多位诗人、诗者的赞同支持。其实，就是想为众多"凡花"营造一方净土。不用这样"锋"，那样"胧"，这个"烧脑"，那个"入骨"，只想要热爱生活、关注现实的同道们，拉起手，亮开嗓，该褒就褒，该批就批，想唱就唱。或许，韵调诗就是他们的适意选项。歌唱生活，批判邪恶，弘扬正气，爱国爱家——这才是二十一世纪大诗潮的应有之义。新诗短小精悍，易记易诵，是大众最喜爱和最易接近接受的文艺形式。反映生活最直接，抒发情感最快捷，更是人人可进入、可书写的表意载体，不啻是新诗大众化、平民化的诗的航船。我们乐于用"古老的敌意"（里尔克语）这支箭去瞄准国内外的丑恶、霸凌，我们乐于做一名对亵渎真理、绝灭人伦者的永远的反对派！

弯弓射雕，弓法在射程中锤炼；率性赋诗，章法在锤炼中成长。

中国新诗百年祭，我多想，多么想这种步韵或大体押韵的新诗能在新世纪新时代兴旺起来。就当她是百花园里高雅、深玄的花瑞们脚下一抹不起眼的"勿忘我"吧。须知，这种或许会被高雅们视为诗的"大排档",却实实在在拥有大量的读者、写作者。阳春白雪大行其道,也请为下里巴人腾挪些许生存空间!令我久久无解的一个现象是,改革开放四十多年来,现代诗从伤痕走过来,伴随悲悯而后,一种高寒、深晦和过度内敛的意趣和景象的诗风蔓延。什么原因?是改革开放的宏大规模和成就不如前十七年吗?显然不是!是中了里尔克"古老的敌意"的邪了吗?我以为只有两种解释。一是中邪论。你有意或无意间必在生活、伟大作品和古老敌意三者间作出实质性选择:要伟大的作品(当然或许你不敢有此奢望,就叫大作吧),必得对生活怀有古老的敌意,离它远点,冷点最好。二是,得了富贵病。富贵写家们的字里行间都是那般高冷、诡晦,朝拜人跟着潮流走,当是情理中事。写家之间也暗中较劲、比拼,自然谁也不会甘拜下风,于是高寒险句迭出,而后彼此叫好。下里巴人却蒙了:那是高山仰止啊,懂不起,写不来,只好嘴啃泥,跟忘忧草结婚去。请诗伯们不要嗔怪我在演绎游戏逻辑,仿佛要把诗坛说得一无是处。我在这里郑重申言:诗坛总的形势是向好的,成绩是主要的。多数作家和诗者发表的作品,是热爱生活、关注现实的。我只是想表明,高冷诡晦的诗风不可太甚,别让读者浪费时间去为"烧脑""入骨"猜谜,别让读者用考古的眼光去读诗。我殷切盼望大咖名角们哪怕是客串一下,不妨写一点既关注现实,大众又能领会和读懂的作品,供初学者仰慕学习，岂不美哉！新诗百年历史，其实也非常短暂，未来的路还很漫长。相信韵调诗定会越走越开阔，越走越亮堂。

书中，我对韵调诗的韵律、节奏和结构做了一些探索，不知当否，欢迎批评指正。

别样的韵调诗，会带来一个别样的诗的春天。

吴维民

2020年5月4日